森絵都

画・カシワイ

文藝春秋

カラフル

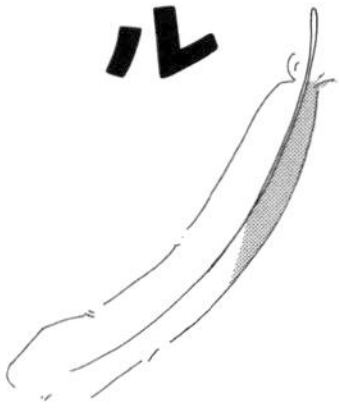

プロローグ

死んだはずのぼくの魂《たましい》が、ゆるゆるとどこか暗いところへ流されていると、いきなり見ず知らずの天使が行く手をさえぎって、

「おめでとうございます、抽選《ちゅうせん》に当たりました！」

と、まさに天使の笑顔をつくった。

天使の言い分は、こうだった。

「あなたは大きなあやまちをおかして死んだ、罪《つみ》な魂です。通常《つうじょう》ならばここで失格《しっかく》、ということになり、輪廻《りんね》のサイクルから外されることになります。つまり、もう二度と生まれかわることができない。しかし、そんな殺生《せっしょう》な、という声も高いことから、うちのボスがときどき抽選で当たった魂にだけ再挑戦《さいちょうせん》のチャンスを与えているのです。あなたは見事その抽選に当たったラッキー・ソウルです！」

とつぜん、そんなことを言われても、こまる。もしぼくに目があったら丸くしただろうし、口があったらぽかんと開いたりもしただろう。でも、ぼくは無形《むぎょう》の魂にすぎず、なぜ天使のすがたや声がわかるのかふしぎなくらいだった。

天使は美形の優男《やさおとこ》だった。見たところはふつうの人間と変わらず、やや長身のスリムな体に白

い布《ぬの》をまとっている。せなかにつばさはあるけど、頭上に天使の輪は見えない。

ともあれ、ぼくは天使に言った。

「せっかくだけど、辞退《じたい》します」

「なぜですか」

「なんとなく」

ぼくはすでにこの時点で前世《ぜんせ》の記憶《きおく》をなくしていた。ぼく、というからには男だったのだろうが、一体どんな男で、どんな人生を送ってきたのか、まったくおぼえていなかった。そのくせ、もう二度とあんな下界にはもどりたくないという、漠然《ばくぜん》とした浮《う》き世《よ》疲《づか》れだけが残っていた。

「なんとなく、いやなんです。ぼくとしては今、ぶらっと入ったデパートでとつぜんくす玉がわれて、おめでとう、あなたは来店百万人目のお客さまです、とかなんとかさわがれて、今すぐハワイ旅行に行けだのって強引におしつけられてる気分なんです。ぼくは家で寝《ね》てたいのに」

ぼくの訴《うった》えを、天使はすずやかに受けとめた。

「あなたの言いぶんはわかりました。ここだけの話、われわれも抽選という方法には少なからず疑問《ぎもん》を抱《いだ》いているのですよ。しかし、残念ながらボスの決定はぜったいです。あなたも、わたしも、だれもボスにはさからえません。なんせ万物《ばんぶつ》の父ですから」

そうこられると返す言葉がない。相手が悪すぎる。

しゅんとだまりこむぼくに、天使は瑠璃色《るりいろ》のひとみをぶきみに光らせて、「それに」と言いそえた。
「それに、あなたを待ちうけているのはけっして、けっして、ハワイのような楽園ではないのですよ」

天使の名はプラプラ。役職《やくしょく》はガイドで、現在《げんざい》はぼく担当《たんとう》。ぼくを再挑戦《さいちょうせん》の地にみちびいていくのが目下《もっか》の任務《にんむ》だという。

しかし一体、再挑戦とはなんなのか?

まったく状況《じょうきょう》をのみこめていないぼくに、プラプラは出発前、天上界と下界の狭間《はざま》でざっと説明してくれた。

要点をまとめると、こうなる。

＊

1　さっきも言ったが、ぼくは前世《ぜんせ》で大きなあやまちをおかした魂《たましい》だ。本来ならもう二度と生まれかわることができないところだけど、幸運にも抽選《ちゅうせん》で当たり、再挑戦のチャンスを得《え》た。

2　再挑戦とは、ぼくが前世で失敗した下界で、もういちど修行《しゅぎょう》をつんでくることをいう。

3　修行とは、ぼくの魂がある一定の期間、下界にいるだれかの体を借りてすごすことをいう。借りる人間、およびその家庭はプラプラのボスが指定する。

4　この修行を、俗《ぞく》に、天使の業界では「ホームステイ」という。
5　もちろん、ステイ先には当たり外れがつきものである。いい家庭もあればひどい家庭もある。悲劇的《ひげきてき》な家族もいれば喜劇的《きげきてき》な家族もいる。暴力的《ぼうりょくてき》な家族だっていないとはかぎらない。しかし、それらの環境《かんきょう》は前世でぼくがおかしたあやまちの大きさによって決まるので、もんくは言いっこなしなのである（そんなあ……）。
6　ホームステイ中、こまったときにはプラプラが力になってくれる。ただし、どれくらい力になってくれるかは、そのときの彼《かれ》の気分次第である。
7　修行が順調に進むと、ある時点で、ぼくはおのずと前世の記憶《きおく》をとりもどすことになっている。前世でおかしたあやまちの大きさをぼくが自覚したその瞬間《しゅんかん》にホームステイは終了《しゅうりょう》。ぼくの魂は借りていた人間の体をはなれて昇天《しょうてん》し、ぶじ輪廻《りんね》のサイクルに復帰《ふっき》することになる。めでたし、めでたしというわけである（ほんとかよ）。

＊

「そういうわけで、真《まこと》くん」

ひととおりレクチャーを終えるなり、プラプラは早くもつばさをむずむずさせはじめた。

「早速、下界に参りましょう」

「真くん？」

「あなたはこれから小林《こばやし》真になるのですよ。小林真は三日前に服薬《ふくやく》自殺《じさつ》をはかった少年で、いまだに意識《いしき》がもどらず、危篤《きとく》の状態《じょうたい》が続いています。ここだけの話、もうすぐ死にます。死んだら魂がぬけるから、あなたはその隙《すき》にもぐりこむのです」

「つまり」と、ぼくは言った。「そいつの体を奪《うば》うわけ？」

「縁起《えんぎ》でもない」と、プラプラは言いかえした。「しばらく体を受けつぐ、というふうに考えてください。プラス思考《しこう》でいきましょう」

「小林真《こばやしまこと》ってどんなやつ？」

「なればわかります」

もう少し予備知識《よびちしき》がほしいところだが、すでにつばさを全開にしていたプラプラは、もう説明には飽《あ》き飽きといった調子でぼくのうでをひっぱり、うむを言わさず飛び立った。

とつぜん、床《ゆか》がぬけたような衝撃《しょうげき》と、めくるめく光速の下降感《かこうかん》——。この調子じゃプラプラのつばさはほとんど役に立っていないようだ。ほんとに天使か、はたまた悪魔か？　急速に不安になりながらも、ぼくはいつしか気を失い、うごめく極彩色《ごくさいしき》の渦《うず》のなかにのみこまれていった。

1

気がつくと、ぼくは小林真だった。

あるある、ちゃんと体があるぞ、というリアルな感触《かんしょく》。さっきまで丸はだかだった魂《たましい》が、今じゃ重たいコートみたいな肉体をまとっている。その肉体はどうやらふとんの上に横たわっているようだ。いや、ベッドかな。この薬臭《くさ》さは、もしかして病院のベッドかもしれない。そういえば、真は自殺《じさつ》して、危篤で……ん？　だれかのすすり泣きがきこえる。

だれ？

心の準備《じゅんび》もしないうち、ぼくはうっかりまぶたを開けてしまった。

なみだでぐしょぐしょのおばさんと目が合った。

「真」

おばさんはぼうっとつぶやいた。

「真⁉」

続いてかなきり声をあげた。

周囲《しゅうい》の人影《ひとかげ》がいっせいにぼくをふりかえる気配がした。やはりここは病室らしく、ベッドのわきには重々しい医療器具《いりょうきぐ》があり、その機械ごしに看護師《かんごし》たちの白衣が見えかくれしている。うそっ、とだれかが低くうめいて、その白い影《かげ》がぞわぞわとうごめいた。

「真！」

今度は、おばさんを支《ささ》えていたおじさんがさけんだ。

「真が生きかえった‼」

そう。あとから知ったことだけど、小林真はこの十分前に「ご臨終《りんじゅう》です」と宣告《せんこく》されたばかりだったのだ。真《まこと》の魂は天にのぼり、空き部屋となった体にぼくが入りこんで、ぱちりと目を開いた。だれだっておどろく。

「心音《しんおん》が……血圧《けつあつ》が……ああ信じられん！」

しまいには医師《いし》までがわめきだした。

真の蘇生《そせい》を確認《かくにん》したおばさんとおじさんのよろこびようはすごかった。考えるまでもなく、このふたりは真の母親と父親で、死んだ息子がよみがえったのだから狂喜《きょうき》するのもむりはない。ふたりは声にならない声をあげながら、ぼくのほおをなでたり、うでをさすったり、体ごと抱《だ》きしめたり。赤の他人にベタベタさわられても、ぼくはふしぎといやな感じがしなかった。ぼくの心よりも先に、真の体が受けいれている。

真には家族がもうひとりいた。さっきからベッドの正面で肩《かた》をいからせ、充血《じゅうけつ》した目でぼくをにらんでいる学生服の男。両親も医師《いし》も看護師《かんごし》たちも、そこにいるだれもが大いにもりあがっているなかで、ひとりだけやけにスカしている彼《かれ》こそ真のアニキ――小林満《こばやしみつる》であることを、ぼくはのちのち知ることになる。でも、このときはまだ満どころか真の年齢《ねんれい》さえ知らなかったわけだから、ただぼんやり「きょうだいかなあ」と思っただけだった。

「真、よく帰ってきた、よく帰ってきた！」と、狂《くる》ったように息子の名を連呼《れんこ》する父親。

ぼくの体にしがみついてはなれない母親。

ひたすら無言のきょうだい。

じっくり観察しづらい状況《じょうきょう》ではあるものの、とりあえずぼくはホームステイ先の家族と対面したわけだ。

とくに大金持ちとか、芸能人一家とかではなさそうなのが残念だけど、あの底意地《そこいじ》悪そうな天使の目つきからしてもともと期待はしてなかったし、一見ふつうの人たちってだけでもヨシとしよう、とぼくは静かに彼らを受けいれた。目を開けたとたん、赤と黄色のしましまレオタードを着た八人のマッチョマンがぼくをかこんで泣いていた、なんて可能性《かのうせい》もなくはなかったわけだし。やっぱり人間、平凡《へいぼん》がなによりだ。

気持ちがゆるんだとたん、急に睡魔《すいま》がおそってきた。

さっきまで死んでいた真の体はまだまだ本調子じゃないらしく、めちゃくちゃだるいし、うまく動かない。結局、ひとことも口をきかないまま、ぼくはころっと眠《ねむ》ってしまった。

小林真としてのぼくのデビューは、こんなもんだった。


眠気《ねむけ》とだるさはその後も続いた。真の体は主治医《しゅじい》をうならせるほどの回復力《かいふくりょく》を見せたものの、日に三度の投薬《とうやく》のせいか、とにかくだるくて眠い。入院中だし、やることもないから、ぼくはこれ幸いと寝《ね》てばかりいた。

一日の四分の三は寝てすごすような日々のなか、ときおり思いだしたようにふと目を覚ますと、そこには真の母親の顔があったり、父親の顔があったり、満のせなかがあったりした。

目覚めたときに窓《まど》の外が明るければ、かならずそばには母親がいた。小柄《こがら》で目鼻立ちのくっきりした彼女《かのじょ》は、いつもベッドわきの椅子《いす》にちょこんと腰《こし》かけて、ぼくのまばたきの数でもかぞえるように目をこらしていた。ぼくと目が合うと、「調子いい？」とか、「テレビつける？」とか、短く語りかけてくる。それ以外はほとんど話もせず、どこか遠慮《えんりょ》がちに、腫《は》れものにでもさわるようにぼくに接《せっ》していた。最初はよそよそしい感じもしたけど、考えてみると真《まこと》は自殺《じさつ》した少年で、それなりの問題をかかえていたにちがいなく、彼女も細心の注意とやらをはらっていたのかもしれない。

アニキの満《みつる》はいつも夕方にあらわれて、ぼくのつきそいを数時間ひきうけ、そのあいだに母親を休ませていた。いつまでたっても無口な男で、夕食のセットやあとかたづけを黙々《もくもく》とこなすと、あとはずっとせなかをむけて教科書や参考書を広げている。教科書から彼《かれ》が高三だと知ったぼくは、ある日、思いきって「受験、たいへんだね」と声をかけてみた。とたん、満はキッとぼくをにらみつけ、バシッとあらっぽく教科書を閉《と》じて、ダダッとろうかにでていってしまった。受験ノイローゼだろうか？

夜の面会は七時から九時まで。真の父親はその時間内に欠かさずやってきた。ふくふくした顔を絶《た》えずほころばせている彼がくると、ぼくひとりには広すぎる個室《こしつ》がパッとはなやぐ。父親は母親とちがい、ぼくの顔色を見ながら言葉を選んだりすることもなく、「真が生きかえってほんとうにうれしい」、「これほど神に感謝《かんしゃ》したことはない」などと毎晩《まいばん》、思いの丈《たけ》を思いきり語ってすっきり帰っていった。看護師《かんごし》さんたちからのウケもよく、ほんとにいいお父さんね、とよく言われた。たとえ他人の父親でも悪い気はしなかった。

とまあ、印象《いんしょう》はそれぞれちがうけど、この三人の家族に共通していえるのは、彼らが真のことを心から思っているらしい、ってこと。あのむっつりしたアニキだって、愛情《あいじょう》がなきゃ毎日、病院に来たりはしないだろう。

ぼくにとって彼らはただのホストファミリーにすぎないけど、彼らにとって真は本物のファミリーなのだと、ぼくは入院生活のなかで少しずつ実感していった。

眠《ねむ》くてだるくて朦朧《もうろう》とした毎日のなかで、それだけがゆいいつの学習だったともいえる。


入院生活は一週間で終わった。ほんとはもうとっくに完治してたのに、ぼくのケースがあまりに特殊《とくしゅ》なもんだから（心臓停止《しんぞうていし》から十分後に生きかえる、なんてことはふつうじゃ考えられないらしい）、病院側が様子を見ながらデータを集めたりしていたのだ。これでもぼくはキセキの少年としてけっこう珍重《ちんちょう》されていたのである。

「君はたしかにいちど死んだ」

退院《たいいん》前、まだ若《わか》い主治医《しゅじい》はぼくのほおをつねりながら言った。

「もう十分だろ、二度と死ぬなよ」

退院の日は日曜日だった。

さわやかな秋晴れの昼さがり、そろってむかえにきた家族と車に乗りこみ、静かな住宅地《じゅうたくち》の一角にある小林家《こばやしけ》に到着《とうちゃく》すると、塵《ちり》ひとつないリビングは花瓶《かびん》の花だらけで、テーブルには寿司《すし》やらステーキやらのごちそうがぎっしりならんでいた。ぼくはついさっき、並《なみ》の一軒家《いっけんや》だった小林家を見て「これで完全に大金持ちの線は消えた……」とがっかりしたのもわすれて、家族のこまやかな心づかいに感動した。真《まこと》に代わって、「みんな、ほんとにありがとう！」なんて一席ぶったりもしたくらいだ。ボロをださないため、入院中はほとんど口をきかずにいたぼくのスピーチに、真の両親はそろって目頭《めがしら》を熱くした。

まさに家族愛たけなわ、といったところである。

たしかプラプラが、ステイ先の環境《かんきょう》は前世《ぜんせ》でおかしたあやまちの大きさによって決まる、なんてことを言ってたけど、このぶんだとぼくのあやまちなんてちっぽけなもんだったにちがいない。酒癖《さけぐせ》が悪かったとか、金づかいがあらかったとか、女泣かせのジゴロだったとか。

わからないのは、こんないい家族にめぐまれて、なんだって真は自殺《じさつ》なんてしたんだろう、という点だった。自殺って言葉はこの家の禁句《きんく》になってるらしく、だれも口にしようとしないから、ぼくはときどき真がみずから死を選んだ少年であることをわすれてしまう。

「夕ごはんも真の好物、いっぱいつくるわよ。でも真、そろそろ体を休めたほうがいいんじゃない？　夕食まで部屋でひと眠《ねむ》りしてきたら？」

テーブルの上がほとんど空になったころ、真の母親がぼくを気づかうように言った。はじめての家族団欒《だんらん》に疲《つか》れ気味《ぎみ》だったぼくにはありがたい提案《ていあん》だった。

「うん、じゃあちょっと休んでくる」

ぼくはさっと席を立ち、そして、そのまま立ちつくした。

真の部屋に行こうにも、それがこの家のどこにあるのかわからない。

どうしよう。

「どうした、真」

「具合でも悪いの？」

動かないぼくを家族たちが不審《ふしん》がりはじめた、そのとき。

今こそガイドの出番とでもいうように、リビングの戸口に忽然《こつぜん》と、プラプラがすがたをあらわした。

なぜだかびしっとスーツを着こんだプラプラは、ぼくにむかって「来い」というふうに手まねきをして見せる。うん、とうなずきかけて、ハッと言葉をのみこんだ。ぼく以外のみんなにはプラプラが見えていないことに気づいたからだ。

無言のぼくをしたがえて、プラプラは音もなく階段《かいだん》をのぼっていった。さほど広くない真の部屋は二階の奥《おく》にあった。黒を基調《きちょう》にしたシンプルな家具に、空色の絨毯《じゅうたん》。窓《まど》が多いせいか全体が明るく、その豊《ゆた》かな光を若菜色《わかないろ》のカーテンが受けとめている。

プラプラがそのカーテンの手前で足を止め、ぼくはベッドのふちに腰《こし》かけた。

「ひさしぶりだね」

と、ぼくはひにくをこめて言った。

「ガイドってくらいだから、もっといろいろ教えてくれるのかと思ってたけど」

「方針《ほうしん》なんだ」

プラプラはさらりと言いかえした。

「先入観なんてないほうがいいんだよ。おれがあれこれガイドするより、まずは自分で感じなきゃ」

ぼくはあらためてプラプラをながめまわした。なんか、へんだ。

「あのさ、あんた、上にいたときとずいぶん感じがちがわない？」

ぼくの指摘《してき》にプラプラは苦笑して、

「郷《ごう》に入れば郷《ごう》にしたがえ、ってな。正直言って、下界でいかにも天使ってナリしてると、ときどき自分がばかみたいに思えてくるんだ。いくら人間の目には映《うつ》らないったってさ」

「言葉づかいだって、上ではあんた、デスマス調でしゃべってなかったっけ？」

「服装《ふくそう》の乱《みだ》れは心の乱れ、ってね。はは、これはじょうだんだけど、どっちかっつうとこっちのおれのが地《じ》に近いんだ。ま、自然体でいこうぜ、おたがいさ」

「はあ」

やけにさばけた天使だなあ。

あっけにとられるぼくにむかって、プラプラは急に事務口調《じむくちょう》でたずねてきた。

「で、どうだい。ホームステイのほうは」

ぼくは「順調」と胸《むね》をはって答えた。

「今のところうまくやってるよ。ホストファミリーはいい人たちだし、おばさんは料理上手で、この部屋だってまあまあだ。思ってたよりもずっといい。こんな家にいて、小林真《こばやしまこと》はなんで自殺《じさつ》なんかしたんだろうって、ふしぎなくらいだよ」

「なぜならそれは」と、プラプラは眉《まゆ》ひとつ動かさずに言った。「それは君がまだホストファミリーの正体を知らないからだよ」

「え」

「君はなにも知らないんだ」

あくまで無表情《むひょうじょう》な低い声に、ぞくっとした。

「どういうこと?」

「真の父親はああ見えて、じつは自分さえよければばっていう利己的《りこてき》な人間だ。母親はつい最近までフラメンコ教室の講師《こうし》と不倫《ふりん》をしていた。そういうことだよ」

ぼくはこみあげてくるげっぷをこらえた。さっき食いすぎたステーキが今になって胃《い》にひびいてくる。考えてみると、寿司《すし》とステーキって食いあわせはすごいな。

……ええっと、それでプラプラはなにを言ったんだっけ?

「問題から目をそらそうとしてるな」

プラプラはぎろりとぼくをにらみつけ、

「よし、それならもっとくわしく教えてやるよ。のがれようのない事実を、な。小林真《こばやしまこと》の自殺《じさつ》した原因《げんいん》は複雑怪奇《ふくざつかいき》でこみいっている。君は真の体だけじゃなく、そうしたやっかいごとまでいっしょに引きついでいかなきゃならないんだ」

まさに天国から地獄《じごく》のぼくに、プラプラはようしゃなく言い放った。それから出窓《でまど》にひょいと腰《こし》かけて、ポケットからとりだしたぶあつい本をめくりはじめた。

「なにそれ」

「ガイド必携《ひっけい》のガイドブックだよ。小林真の生涯《しょうがい》が記録されている」

あるページでプラプラの手が止まった。

「あった。小林真が自殺した数日前の記録だ」

ぼくはごくんとつばをのみこんだ。

知りたくないような、でも知りたいような。

「不運続きだった彼《かれ》の人生のなかでも、とくにこの日は最悪だった。自殺の原因はいろいろ考えられるけど、引き金になったのはこの日だな」

もったいぶった前おきのあと、プラプラはしめやかに語りはじめた。

それは最悪の名にふさわしい一日の記録だった。

「九月十日、木曜日のことだった。その夜、小林真は塾《じゅく》の帰りに、桑原《くわばら》ひろかが中年の男とうでを組んで歩いてるのを目撃《もくげき》したんだ」

「桑原ひろかって?」

「真の中学の後輩《こうはい》で、初恋《はつこい》の相手でもある」

「ふうん」

「その子が中年の男といちゃついてたんだ、そりゃ気になるよな。そこで真はふたりのあとをつけた。ふたりはラブホテルに入っていった」

「あちゃー」

「真はもう大ショックだ。しばらく身動きもできなかった。すると、そこにまた新たな悲劇《ひげき》がふりかかったんだ。おなじホテルの出入り口から、今度は真の母親とフラメンコ講師《こうし》が肩《かた》をよせあって出てきたわけ」

「あのおばさんが?」

気配り上手のやさしい母親。彼女《かのじょ》がそんなことをしてたなんて信じられない。まして本物の息子なら、どんなにたまげたことだろう。

「まったくじょうだんみたいにひどい夜だった。しかも、悲劇はこれだけにとどまらなかったんだ」

プラプラは大きく息を吸《す》いこみ、呼吸《こきゅう》を整えた。ぼくもいっしょに深呼吸をして気持ちを落ちつかせた。

「真《まこと》が家に帰ると、アニキの満《みつる》がテレビの前で青ざめていた。ついさっき、父親の会社がニュースに出てたっていうんだ。悪徳商法《あくとくしょうほう》の容疑《ようぎ》で、社長と数人の重役が検挙《けんきょ》されたって」

「まさか、あの父親も⁉」

「いや、真の父親は平社員《ひらしゃいん》で、ほとんどの社員と同様、悪徳商法には関わっていなかった。かなりくせものの社長が極秘《ごくひ》開発チームを組んでやらかしたことらしい」

「悪徳商法って、どんな？」

「訴《うった》えられたのは、『らくらくダイエットまんじゅう』と称《しょう》する通販《つうはん》むけの商品だ。一つ食べれば一キロやせる、二つ食べれば二キロやせる、なんてだいたんなうたいもんくで売りだしてたらしい。でも実際《じっさい》はなんの変哲《へんてつ》もないただの温泉《おんせん》まんじゅうにすぎなかったんだ。それ以外にもいろいろえげつないことをしてたらしくてさ。まだ新鋭《しんえい》の食品会社なんだが、『八角《はっかく》せんべい』って新商品を売りだすために、地球八角形説、なんてのをまことしやかに流したり。近所のスーパーの水道からくんできた水を『スーパー・ウォーター』なんて銘打《めいう》って高く売ったり……。悪いやつらってよりも、軽はずみなやつらだったんだな」

プラプラはあきれ顔で肩《かた》をすくめた。

「でもまあ、そんなやつらでも、真の父親にとっちゃ大事な上司だ。恩《おん》もあろう義理《ぎり》もあろうってさ。そうした上司たちがいっせいに検挙《けんきょ》されて、残った重役もみんな責任《せきにん》をとって総辞職《そうじしょく》ってはめになった。あの人のいい父親のことだから、さぞかし気《き》の毒《どく》がって落ちこんでるだろうって、ニュースを見ながら満《みつる》はそれを心配してたわけだ。真もその話をきいて、もちろんいっしょに心配した。ところが！」

「……まだなんかあるの？」

「やがて帰宅《きたく》した父親は、玄関《げんかん》からリビングまで、でんぐりがえしをしながら入ってきた。真と満の顔を見るなり、いきなり抱《だ》きついてキスをした。それからいっしょにサンバを踊《おど》ろうとさわぎだしたんだ」

「酔《よ》ってたの？」

「そう。でもやけ酒なんかじゃない、いい酒だぜ。会社の上層部《じょうそうぶ》が総辞職したことで、ポストの再編成《さいへんせい》があってさ。平社員《ひらしゃいん》の父親がいきなり部長に昇進《しょうしん》したんだ。一気に三段跳《さんだんと》び。もうおやじ、舞《ま》いあがっちゃってさ。上司が検挙されようがクビになろうが、そんなの知るかって感じだよ。おかげで出世してありがとうってなもんだ」

プラプラは吐《は》きすてるように言った。

「まあ人間、いざとなりゃそんなもんかもしんないけど、自分の父親のそういうすがた、あんまり見たくないぜ。ジミでも、めだたなくても、こつこつがんばってた父親を真は尊敬《そんけい》してた。そのぶんよけいに傷《きず》ついちまった」

プラプラの話が終わっても、ぼくの胃《い》はまだむかむかともたれていた。陽《ひ》がかたむいてきたせいか、さっきまであんなにまぶしかった室内がひどく暗く、陰鬱《いんうつ》に見える。ぼくはプラプラのするどい視線《しせん》をかわすため、ぼんやり天井をあおいだり、壁《かべ》をながめまわしたりした。

壁には鏡がかかっていた。

ぼく……ではなくて真《まこと》の顔を映《うつ》しだしている。

目が細い。鼻が低い。くちびるはちんまり。いかにも影《かげ》のうすい、貧相《ひんそう》な顔つきだ。

入院中、洗面所《せんめんじょ》の鏡ではじめてこの顔と対面したときは、心底がっかりした。これからこの顔で暮《く》らせっていうのかよ、とプラプラやそのボスをうらんだ。細部はともあれ、真の顔には明るい印象《いんしょう》がまるでなかったからだ。笑顔が似合《にあ》わない。ひとみに力がない。毎日毎日見舞《みま》いにきてくれる、あんな家族がいるのになんでだよ、とぼくはふしぎでならなかったけど、今ならわかる気がする。

中年男とラブホテルに入る初恋《はつこい》の君。

不倫《ふりん》する母親に、自分さえよければそれでいい父親。

「このさいだからきいとくけど」

鏡をにらんだままぼくは言った。

「アニキの満《みつる》はどんなやつなわけ？」

「このさいだから言っちゃうけど、まったく無神経《むしんけい》な意地悪男だよ。真の顔を見ればいやみばかり言う。とくに身長についてだな。真は背《せ》が低いことを気にしていた。それを知ってて、わざとからかうんだ」

「でもあいつ、ぼくにはなんも言わないよ」

「ムシしてるんだ。世間体《せけんてい》の悪い自殺《じさつ》なんかしやがってって腹立《はらだ》ててるんだよ。おい、ちょっとベッドの下に手をつっこんでみな」

言われるままにそうすると、かたくてごつごつしたものが指先にふれた。とりだすと、一組のやけにけばけばしい……ブーツ？

「シークレットブーツだよ」

プラプラが教えてくれた。

「めちゃくちゃあげ底で、それ履《は》くとぐんと背が高く見えるんだ。ま、ふつうは履かないけどな。真はそいつを通販《つうはん》で買って、でも小心者《しょうしんもの》だからバレるのをおそれて、結局ずっとかくしてた。それを満に見つかったのも、自殺の数日前だ。満はさんざん真をからかって、最後にこう言った。あきらめろ、どうせおまえは足のサイズが小さいから一生チビのままなんだ、って。真が一番、気にしてたことだ」

ぼくはシークレットブーツを絨毯《じゅうたん》に放りなげた。それからごろんとベッドに寝《ね》そべって天井をあおいだ。全身の力がぬけきって、今までいい家族だの愛情《あいじょう》だのともりあがっていた自分がばからしくなってくる。

一体さっきまでの家族団欒《だんらん》はなんだったんだ？

「今となっちゃ、なんで真《まこと》がこれまで生きてこれたのかふしぎなくらいだよ」と、ぼくはプラプラに苦笑いをむけた。「こんなところにホームステイだなんて、ぼくは前世《ぜんせ》でよっぽどひどいことをしたんだろうな」

「あ。ひとつ、わすれてた」

プラプラはぼくの話などきいていなかった。

「小林《こばやし》真は現在《げんざい》、中学三年生だ」

「え」

この身長ならせいぜい中一あたりだと思っていた。

ん？　待てよ、中三ってことは……。

ぎくっとするぼくに、プラプラはさもゆかいそうに告《つ》げた。

「つまり君は、半年後に高校受験をひかえている」

2

平凡《へいぼん》であたたかい家庭だと思ったら、じつは悪魔の巣窟《そうくつ》みたいなところで、やさしくて愛情深《あいじょうぶか》いはずの家族たちは、そろいもそろってろくでもない本性《ほんしょう》をかくしもっていた。役者ぞろいの仮《か》面《めん》家族。本物の真が死んだことも知らずに、やつらがこのまま団欒《だんらん》ごっこを続けていくんなら、ぼくは勝手にすればいいと思っていた。

淡藤色《うすふじいろ》のエプロンがよく似合《にあ》う、いかにもおしゃれで上品な主婦《しゅふ》、みたいな顔で台所に立つ母親。不倫《ふりん》の影《かげ》などみじんも見せずに、あんたはそのまま良妻賢母《りょうさいけんぼ》を演《えん》じていけばいい。ただし、ぼくはいい息子の役なんてごめんだ。彼女《かのじょ》の手料理が急に不潔《ふけつ》に思えてきて、ぼくは大量に食べ残すようになった。

満員電車でも笑顔をくずさず、年よりがいればまっさきに席をゆずりそうな父親。上司の不幸でめぐってきた部長の椅子《いす》のすわり心地《ごこち》はどうだ？　せこい出世に小躍《こおど》りしながら、あんたもこのまま偽善的《ぎぜんてき》な笑顔をふりまいて生きればいい。ただし、それをぼくにむけるのはやめてくれ。ぼくは父親に「行ってくるよ」や「ただいま」を言われても返事をしなくなった。

満《みつる》は早々に素顔《すがお》をあらわした。退院《たいいん》から二日目の朝、ばったりトイレの前でかちあったときのこと。一瞬《いっしゅん》早かったぼくがそのままドアノブに手をかけると、満はチッと舌打ちをして、言ったんだ。「この死にぞこないがよ」。無神経《むしんけい》な意地悪男。たしかにプラプラの言うとおりだ。満がぼくをムシするように、ぼくも満をムシすることにした。

こうして家族と距離《きょり》をおくようになったぼくは、自然と真の部屋にこもりがちになった。ひとりでCDやラジオを聴《き》いたり、真のマンガを読んだり、夜にはプラプラと花札をしたり。食事のときだけ階段《かいだん》をおりていき、あんまり食わずに、すぐ部屋にもどる。じっとしてるから腹《はら》もへらない。

家族たちはそんなぼくの態度《たいど》を不審《ふしん》がりもしなかった。

つまり真《まこと》は、自殺《じさつ》の前から、そういうやつだったんだ。


とはいえ、そんな生活も何日か続けばいいかげん飽《あ》きてくる。

ぼくは四日で音《ね》をあげて、五日目の金曜日、そろそろ真の中学校に行ってみることにした。これまでは大事をとって休養中だったのだ。

母親はなにも言わなかったけど、内心じゃ勉強の遅《おく》れを心配していたらしく、ぼくが前日、「明日、学校行くから」と告《つ》げるなり、ひとみをかがやかせた。

翌朝《よくあさ》はひさしぶりに早起きをして、たまごとツナサンドの朝食も残さずたいらげた。歯をみがき、念入りに顔も洗《あら》って、少しのびすぎた髪《かみ》をブラシで整えた。洗面所《せんめんじょ》の鏡とにらめっこしながら、髪型《かみがた》とファッションをなんとかすれば真もちょっとはマシになるんじゃないか……などと考えてみる。要は髪型とファッションなのだ。しかし今のところ、真は学ランさえもサマにならないやつだけど。

仕度が整うと、真の部屋にもどって、時間割《じかんわり》を片手《かたて》にかばんに入れる教科書の点検《てんけん》をした。はりきって早起きしすぎ、時間があまってしまったのだ。点検なんてすぐ終わる。ぼくの気がめいってきたのはそのころだった。

ぼくは窓辺《まどべ》に歩みより、朝の光がふりそそぐ表の通りを見おろした。真とおなじ制服《せいふく》の中学生たちがぞろぞろとつらなって歩いている。

なかよく手をつないだ女子のふたり組。

ふざけあう男子たちのグループ。

ませたカップル。

笑い声がここまでひびいてくる。

ぼくはカーテンを閉《し》めて窓辺をはなれ、ベッドのふちに腰《こし》かけた。そろそろ時間なのに、体が動かない。母親が呼《よ》びにきても返事をせず、そのままかたくなにすわりこんでいると、やがて本《ほん》棚《だな》の陰《かげ》からゆらりとプラプラがあらわれた。

「なにしてる。ちこくするぞ」

「待ってるんだよ」

「なにを」

「だれかがむかえにくるのを、さ」

口に出したとたん、よけいにむなしさがつのってきた。ほくはプラプラにその思いを吐《は》きだした。

「いい？ 真は自殺して、奇跡的《きせきてき》に助かって、一週間も入院してたんだよね？ 退院《たいいん》してからだって四日も学校休んでた。なのに、だれひとり見舞《みま》いにこないのってどういうこと？ 電話もないし、手紙もこない。授業《じゅぎょう》のノートをとどけてくれるやつもいない。ぼくは今、そのことについてむくむくと疑問《ぎもん》がわいてきたところなんだ」

「やなときにやなこと気がついたなあ」

プラプラはやな顔で言った。

「あのな、まず言っとくけど、真《まこと》の自殺《じさつ》は公《おおやけ》になってないんだよ。教師《きょうし》にだけは知らせてあるけど、生徒たちには、真がかぜをこじらせて肺炎《はいえん》にかかったってことにしてある」

「たとえ肺炎でも、だれも見舞《みま》いにこなかったんだからおなじだよ」

ぼくは瑠璃色《るりいろ》に光るプラプラのひとみをじっと見すえた。日没《にちぼつ》直後の空みたいな、いつ見てもきれいな青紫《あおむらさき》だ。

「あのさ、もうぼくはなにをきいてもおどろかないから、正直に言ってほしいんだけど、真にはともだちがいなかったわけ？　学校でも孤独《こどく》なやつだったのかよ」

プラプラのひとみが夜空の色に変わった。

それだけでぼくには答えが見えてしまった。

「真が孤独だったかなんて、そんなの、真にしかわからないよ。いつもひとりでいたのはたしかだけど、それは彼《かれ》が独自《どくじ》の世界をもっていたからでもある」

ぼくのとなりに腰《こし》かけ、プラプラがいつになくまじめな声をだす。

「それ、変わり者ってこと？」

「そう思ってた生徒たちもいたね。真は内向的《ないこうてき》で、ちょっとナイーブすぎたりもして、クラスメイトたちともほとんど口をきかなかった。というよりも、自分はそういう人間だって思いこんでるところがあってさ。どうせ自分は外れてる、みんなとはうまくやってけないんだって、そうやってバリアはって、みんなを遠ざけてた」

「だれも真には近づかなかったんだ」

「いや、ひとりいた。気軽に話しかけてくる子が、ひとりだけ」

「だれ?」

「桑原《くわばら》ひろか」

初恋《はつこい》の女《ひと》、か……。

「彼女《かのじょ》だけは真を別世界の人間みたいにあつかわないで、いつも明るく声をかけてくれたんだ。だれに対してもそうなのかもしれないけど、真にとっては特別なことだった。わかるよな? 彼女のひとことひとことが特別な言葉だったんだ」

「その子が中年のおやじとラブホテル」

ぼくはばさっとふとんの上にたおれこんだ。

「ありかよ、そんなの」

まったく、ここまでツイてないやつもめずらしい。ついでに、そんなやつの代役をつとめるはめになったぼくも、真とおなじくらいツイてない。ぼくはこの再挑戦《さいちょうせん》というのがますますゆううつになってきた。

「うらむなら自分の前世《ぜんせ》をうらめ。それより今は学校だ。いいかげん行かなきゃほんとにちこくする」

プラプラがぼくをひっぱり起こそうとする。

「学校なんて行きたくないよ、もう」

「そんなんじゃ小林真失格《こばやしまことしっかく》だぞ」

「いいよ、失格で」

「二度と輪廻《りんね》のサイクルにもどれなくなるぞ」

「いいよ、もどれなくて」

「今夜から花札の相手、してやんないぞ」

「そんな……」

殺生《せっしょう》な！　とぼくは飛び起きた。このしんきくさい毎日のなか、花札はぼくのゆいいつの娯楽《ごらく》なのだ。

「いいのか、五連敗のまま終わっても」

「くーっ」

この世には神も仏《ほとけ》もない。

ただうさんくさい天使がいるだけだ。

学校までは徒歩二十分。プラプラはぼくのガイドをしながら真の身の上を語り続けた。最後のほうは急ぎ足になり、小走りに校門をくぐって、真の教室へ着いたのはホームルーム開始の直前だ。

とびらを開けると、すでにクラスメイトたちは全員着席していた。そしてその全員がいっせいにぼくをふりかえり、なんともいえないへんな顔をした。

びっくりマークとクエスチョンマークを教室中にぶちまけたような沈黙《ちんもく》。

少なくとも、ひさびさに登校した病《や》みあがりのクラスメイトをあたたかくむかえるムードじゃない。ぼくは一瞬《いっしゅん》にしてプラプラの話がうそじゃなかったことを悟《さと》ったのだった。

「よーし、はじめんぞー」

ぼくが着席して数分後、担任《たんにん》の教師《きょうし》が入ってきた。

「今日はプリントがたっぷりある。さっさと配って、さっさとすますぞ。えー、でもまずは出席から」

担任の沢田《さわだ》は三十そこそこの独身男《どくしんおとこ》。ゴリラなみの体格《たいかく》をほこる体育の教師で、その超人的《ちょうじんてき》なバカ力もゴリラ級と言われている。入院中、何度か見舞《みま》いにきたけど、ぼくは眠《ねむ》っていた。以上、プラプラのガイドより。

「小林、いないのかっ」

ふいにどなられ、ハッとした。

見ると、クラス中の視線《しせん》がふたたびぼくに集中している。教卓《きょうたく》のうしろには沢田《さわだ》のこわい顔。さっきから何度も呼《よ》んでいたらしい。

「いるなら、返事」

「はい、います」

ぼくは返事をした。

とたん、教室がざわっとどよめいた。

沢田さえも意外そうに目を広げて、

「ほう、小林《こばやし》。今日は声が明るいな」

……おいおい、ふつうの声だよ。

心のなかでつっこみながらも、ぼくはみんなの反応《はんのう》をさぐるため、もうひと声、言ってみた。

「はい。おかげさまで、もうすっかり元気です」

教室のどよめきが倍になる。

真《まこと》が明るかったり元気だったりするのはよほど異常《いじょう》なことなのか、ぼくはその日、クラスのみんなから一日中、出産間近の宇宙人《うちゅうじん》でも見るような視線《しせん》を浴びせられるはめになった。だれもが遠巻《とおま》きにぼくをぶきみがり、あやしむように観察している。

でもちろん、みんなは「真が変わった」とおどろいてるだけで、「魂《たましい》が変わった」なんてうたがってるわけじゃない。だからぼくはどんなにおどろかれようと、あやしまれようと、気にせず好きにふるまうつもりでいた。どんなに挙動《きょどう》がおかしくたって、すがたかたちが小林真なら、それだけでぼくは十分、小林真なのである。

という基本方針《きほんほうしん》でいたのだが、しかし、なかにはするどいやつもいるもんだ。

ひやっとするような出来事があったのは、その日の昼休み。裏庭《うらにわ》の木陰《こかげ》で昼寝《ひるね》をしたあと、ぼくが教室へとひきかえしていく途中《とちゅう》のことだった。

急にろうかの後方からばたばたと足音がせまってきて、ふりむくと、髪《かみ》の短いチビの女がまじまじとぼくを見あげていた。真の目線から見てチビなんだから、よほどチビなのだ。

「セミナー？」

やけにつやつやした目玉をぎょろつかせ、チビ女はとつぜん、そう言った。

「ね、セミナーに行ったんでしょ？　自分を変えてきたんでしょ、ねえ」

「なんだそりゃ」

「ごまかさないで。わかるんだから。今日、ずっと小林くんおかしかった。いつもの小林くんじゃなかった」

「なんだよ、それ」

ぼくがぎくっとあとずさると、

「やっぱり」

チビ女は「してやったり」という顔をして、

「やっぱりね。あたし、前に見たんだ。セミナーの記事。高いお金はらって洗脳《せんのう》されちゃうの。新しい自分に生まれかわるの。小林《こばやし》くん、それでしょ。学校休んでセミナーに通ってたんだ。前むきで、ポジティブで、明るい人間に生まれかわったんだ。でも、そんなの小林くんには似合《にあ》わないと思う」

「悪かったな」

ぼくは気分を害した。

「言っとくけど、おれ、セミナーなんて行ってないから」

「じゃあ、なに？　ほかになにしたの？」

「なんにもしてない」

「うそ。信じない」

「OK。信じなくていい」

一体この女は何者か？　ぼくのどこを前むきでポジティブで明るいというのか？　疑問《ぎもん》はつきないものの、ぼくはチビ女を残して歩きだした。この手の輩《やから》には深入りしないほうがよさそうである。

「ぜったいに信じないから！」

ぼくがろうかを曲がる直前まで、チビ女はしつこくわめいていた。

「あたし、わかるんだから。ぜったいなにかあるんだから。ほかのみんながだまされたって、あたしはだまされないんだから！」

へんなチビ。でも、みょうに勘《かん》がいい。

内心じゃけっこう動揺《どうよう》していたぼくは、すぐさま男子トイレの個室《こしつ》に駆《か》けこみ、プラプラを呼《よ》びだした。

「今のあれ、だれ？」

「それがなあ」

すがたをあらわしたときから、プラプラはすでにガイドブックを開いていた。しかし、いつものとくいげなガイド面《づら》ではなく、ページをめくる指もあせり気味だ。

「ない」

ついにあきらめてガイドブックを閉《と》じた。

「あの子のことはのってないよ」

「どういうこと？」

「ガイドブックに記述《きじゅつ》がないってことは、つまり、真《まこと》の記憶《きおく》にはあの子が存在《そんざい》しなかったってことになる」

「それはつまり」と、ぼくは言った。「眼中《がんちゅう》になかったってこと？」

「まあ」と、プラプラはうなずいた。「早い話が」

「ふうん」

あてにならないガイドブックを横目に、ぼくはふくざつな気分になる。

小林真《こばやしまこと》の眼中にもなかった、おかしなチビ女。

あいつだけがただひとり、真がぼくである気配をかぎつけたってわけか……。


登校一日目は果てしなく長かった。教室じゃみんなの視線攻撃《しせんこうげき》をくらい、ろうかじゃへんなチビ女にからまれて、帰りのホームルームが終わったころにはぼくはぐったり疲《つか》れていた。が、それでもなんとかもう一カ所だけ、真の行動範囲《こうどうはんい》としてチェックしておきたい場所があった。

放課後の美術室《びじゅつしつ》だ。

これも今朝、プラプラからはじめてきいた話だけど、真はなんと熱心な美術部員だったのだ。なにひとついいところなんてなさそうなやつだけど、絵だけは達者で、美術の時間と部活のみを楽しみに通学していたらしい。

そのせいか、部活動は原則的《げんそくてき》に三年の一学期までとされているにもかかわらず、真は二学期になっても美術部に顔をだしつづけた。ほかにもそうした三年生はいたし、顧問《こもん》の教師《きょうし》も黙認《もくにん》するどころか、かえって真たちの熱意を奨励《しょうれい》していたほどだった。

しかし、真の熱意はたんにキャンバスだけにむけられていたわけでもなさそうだ。

その放課後、新校舎《しんこうしゃ》の三階にある美術室に入るなり、ぼくはうしろの棚《たな》から真のキャンバスをさがしだした。描《か》きかけの油絵が一枚《まい》、見つかった。つぎに油彩《ゆさい》の道具を広げて、真のキャンバスをイーゼルにセットした。

ポーズだけでよかったのに、実際《じっさい》にそうしてみると、ぼくまで描きたくなってきた。パイプ椅子《いす》の上で真のキャンバスとむかいあうこと十数分。やがてぼくは木製《もくせい》パレットに油絵の具をならべ、未完成の絵の続きを描きはじめた。最初は見よう見まねだったのに、次第に筆がすべりだし、いつのまにか無心で絵の世界に遊んでいた。

煉瓦《れんが》色《いろ》の西日が射《さ》しこむあたたかい教室。

ふしぎと心地いい油絵の具のにおい。

この満ちたりた静けさのなかでは、真の気持ちが自然とよくわかる。室内には十数人の部員がいるけれど、だれもが熱っぽい表情《ひょうじょう》でキャンバスに集中している。三年A組の教室みたいに、ぼくをじろじろながめる視線《しせん》はない。ときおりきこえる他愛《たあい》のない会話や笑い声は、かえってあたりの空気をほぐしてくれる。

ここで、この場所で真はほっとしたんだ。

ここでだけくつろげた——。

キャンバスの前で確信《かくしん》したとたん、なぜだか胸《むね》がつまった。

「真くん、ひさしぶり」

そのとき、せなかからあまずっぱいフルーツみたいな声がした。

ふりむく前から、ぼくはその声の主《ぬし》を知っていた。

桑原《くわばら》ひろか。彼女《かのじょ》を一目見たくてここに来たんだ。

一体どんな女なのか？　どぎまぎしながらふりむくと、少しぽっちゃりした茶髪《ちゃぱつ》の女の子が真のキャンバスをのぞいていた。

「真《まこと》くん、なにしてたの？　ぜんぜんこないんだもん。この絵、もうこのままなのかなあって、ひろか心配しちゃったよ。ひろかの好きな絵なのに。ひろか、この絵のためにいつもここにくるんだよ。なあんて、これはうそだけど」

うそなのもプラプラにきいていた。桑原ひろかは帰宅部《きたくぶ》だが、親友が美術部《びじゅつぶ》にいるため、ときどき気がむくとこうしてふらふら遊びにくる。そして真は、このひろかから声をかけられる瞬間《しゅんかん》を、いつもいつも、息をひそめて心待ちにしていた。

「でもよかったあ、真くん復活《ふっかつ》して。ちゃんと続き、描《か》いてあげるんだ。真くんの絵、このごろずうっと暗かったでしょ。でもこれはひさしぶりにきれいな色の絵で、ひろかすっごい期待してるんだから」

腰《こし》をかがめ、ぼくにほおをくっつけるようにしてしゃべりかけてくる彼女は、ぼくの思《おも》い描《えが》いていた桑原ひろかとはだいぶちがった。もっと大人っぽいスカした女だと思ってたのに、声もしゃべりかたも子どもっぽい。それでいてみょうな色気がある。彼女の長い髪《かみ》がほおにふれるたび、ぼくの心臓《しんぞう》はばくばくと破裂《はれつ》しそうだった。もしかしたら真の体が勝手に反応《はんのう》してるのかもしれないけど。

「真くん、もうさぼっちゃだめだよ。ひろかと約束。ひろかの好きなきれいな色の絵をちゃんと完成させます。ね？　この馬くんだって、とちゅうまでじゃかわいそうだよ」

ひろかは中二で年下のくせに、真を「せんぱい」とは呼《よ》ばずに「真くん」と呼ぶ。こういうふとどきなところにも、真はどきどきしていたにちがいない。

「あのね、この馬くん、ひろかすごい上手だと思うの。だってまだ輪郭《りんかく》だけなのに、すごい生きしてる。空、飛んでるんだよね。かっこいいなあ」

美人じゃないのに、つやっぽい。乳白色《にゅうはくしょく》のやわらかそうな肌《はだ》にぞくっとしてしまう。ラブホテルのイメージがぬけないせいかもしれないけど、ぽよんと厚《あつ》みのあるくちびるなんて、手をのばせばとどくと考えただけで下半身がしびれそうだ。いや、もちろん真の下半身が勝手に……。

「バックの青もすごいきれい。こんな青ってなかなかないよね。広くて、透《す》きとおってて、からんからんの空みたい。ひろかこんな空、見たことないけど好き」

そしてなにより、桑原ひろかの一番いいところは、真がなにも言わなくてもひとりで勝手にしゃべっていてくれるところだろう。口べたな真にとって、これほど助かることはなかったはずだ。

ただしぼくは、ひろかの話の内容《ないよう》には、いまいち賛成《さんせい》できなかった。

キャンバスいっぱいに塗《ぬ》りたくられた青。その右上にうかぶ馬はまだ描きかけで印象《いんしょう》がうすく、今の時点ではまるで青が主役の絵に見える。ひろかはこの青を空だと言った。が、ぼくはむしろ……。

「あたしは海だと思うな」

とつぜん、背後《はいご》からききおぼえのある声がして、おなじことを考えていたぼくはどきっとした。

「空飛ぶ馬もすてきだけど、あたしにはどうしてもこれ、海で泳いでる馬に見えちゃう。深くて静かな海の底にいるの。ゆっくり水面をめざしてる。だからほら、この上の部分の青がほんのり明るいでしょ？」

「そうなんだよ！」

ぼくは興奮《こうふん》して声の主《ぬし》をふりむいた。

とたんにすうっと興奮がさめた。

「ね、だから言ったでしょ」

チビ女は満足げににんまりと笑った。

「あたしの目はごまかせないんだから」

3

チビ女の名前は佐野唱子《さのしょうこ》。真《まこと》とおなじ三年A組で、しかもおなじ美術部員《びじゅつぶいん》であることがわかった。それでいて、真の視界《しかい》にも入ってなかったという謎《なぞ》の存在《そんざい》だ。まあ、真の視界には桑原《くわばら》ひろかしか入ってなかったのかもしれないけど。

ともあれ、ぼくはこの佐野唱子に、その後もさんざんわずらわされることになる。

唱子はかたくなに「真は以前の真じゃない」と思いこんでいて（まあ、それは図星なわけだけど）、ぼくの化《ば》けの皮でもはがそうとするように、すごい執念《しゅうねん》でまとわりついてくるのだ。

「セミナーじゃないとすると、もしかして催眠療法《さいみんりょうほう》?」

「まさか……まさかとは思うけど、もしそうだったら正直に言ってね。スリランカで悪魔祓《ばら》いしてきた?」

「ずばり、イルカと泳いできた?」

「うちのお父さんの知りあいがね、赤ちゃんができたとたん別人みたいに変わっちゃったっていうんだけど、まさか小林《こばやし》くん、その年齢《とし》で赤ちゃんなんて……」

一体どこからネタをしこんでくるのか、つぎからつぎへと新説をぶつけてくる。

「催眠術なんて信じてないよ」

「悪魔祓い?　それなら天使にたのむよ」

「水泳はにがてなんだ」

「おぼえがないけど、ぼくなら避妊《ひにん》する」

最初はいちいち反論《はんろん》していたぼくも、だんだんめんどうくさくなり、しまいにはばかばかしくなって、唱子の気配を感じるが早いか逃《に》げだすようになった。

もっとも安全な避難場所《ひなんばしょ》は、美術室《びじゅつしつ》だった。ぼくが絵を描《か》いてるときだけは、唱子《しょうこ》もふしぎと邪魔《じゃま》をしなかったからだ。ある一定の距離《きょり》以内にはけっして立ちいらず、後ろからおとなしくキャンバスをながめている。絵心のある人間にとって、美術室とはある種の聖域《せいいき》なのだろうか。

――そう。なんだかてれくさい話だけど、ぼくはその後も美術部に通いつづけていたのだ。なにしろぼくはひま人で、放課後、まっすぐ家に帰ってもやることがない。あんな家族と顔を合わせてイライラしてるくらいなら、遅《おそ》くまで学校に残ってるほうが百倍マシだった。

桑原《くわばら》ひろかのことも気になっていた。早い話、ぼくは真《まこと》と同様、ひろかが声をかけてくるのを息をひそめて待つようになっていたのだ。あんまりいい趣味《しゅみ》じゃないのは百も承知《しょうち》で、彼女《かのじょ》が真を苦しめたひとりであることも知りながら、それでもひろかにはなにかつかみどころのない魅力《みりょく》があった。あのへんてこな口調《くちょう》でわけのわからない話をずっと続けてほしい、とか、ぼくがあの中年男だったらなあ、とか思わせてしまうなにかが……。

しかしやっぱり、ぼくが美術室に通いつめた一番の理由は、ただ単純《たんじゅん》に、絵を描《か》く楽しみを知ってしまったことだろう。

ぼくは真の青い絵を、時間をかけてじっくりと仕上げるつもりでいた。やはり肉体は真であるせいか、油彩《ゆさい》にはすぐになれて上達した。それはテクニックの習得《しゅうとく》というよりも、もともと知っていたなにかを徐々《じょじょ》にとりもどしていく感覚に近かった。

ぼくがおそるおそるキャンバスに筆をおく。

すると、そこにはさっきまでなかった小さな何かが宿る。

いくども重ねていくうちに、小さな何かは大きな何かに変わる。

やがてうっすらと世界のようなものが象《かたど》られていく。

ぼくらの世界だ。

ぼくと、真《まこと》の――。

そうして絵の世界にひたっているときだけ、ぼくは真の不運な境遇《きょうぐう》や、孤独《こどく》や、みじめさや、背《せ》の低さをわすれた。油絵はぼくを日増《ひま》しに強くひきつけていった。二学期の中間試験がせまり、放課後の美術室が無人になっても、ぼくはひとりでせっせと足を運びつづけた。

その結果、どういうことになったかというと、試験の終了《しゅうりょう》と同時に担任《たんにん》の沢田《さわだ》から呼《よ》びだしをくらうはめになったのだった。


「いいか、小林《こばやし》。おれはな、おまえが長いこと学校を休んでたことくらい、じゅうじゅう承知している。精神的《せいしんてき》にもきつい時期だったろう。しかし、それをふまえた上で、それでも……」

沢田は試験結果の一覧表《いちらんひょう》をひらひらゆらしながら言った。

「こりゃ、ひどすぎるよ」

まったくの同感である。

放課後の仄暗《ほのぐら》い職員室《しょくいんしつ》。ぼくと沢田は今、真をめぐる深刻《しんこく》な問題に頭を痛《いた》めている。中間試験の三教科平均が三十五点、五教科におよんでは三十一点、という浮《う》き世《よ》ばなれした成績不振《せいせきふしん》についてだ。

「いやまあな、一学期と変わらないっちゃ変わらないんだが、ふつうおまえ、二学期にもなるとさすがにみんな、あせるぞ。いちおう受験生なわけだから、こんなにマイペースにやられてもなあ」

沢田はぶっとい眉毛《まゆげ》をたらしてしきりにこまっている。

ぼくもこまっている。

これはあくまでも小林真の試験であり、今までの蓄積《ちくせき》がものをいうはずだから、いくら二学期、ぼくがろくに授業《じゅぎょう》などきいてなかったとしても、問題用紙さえめくればあとは真の脳細胞《のうさいぼう》が勝手になんとかしてくれるものと信じていた。実際《じっさい》に問題用紙をめくった瞬間《しゅんかん》から、うすうすいやな予感はしていたのだが、まさか真の脳細胞がこんなにふがいないなんて……。

「これじゃおまえ、まじめに高校、あぶねえぞ」

季節《きせつ》がら、話はおのずと受験の方向にかたむいていく。

沢田の話だと、高校入試の内申《ないしん》にひびくのは三年の二学期までの成績《せいせき》で、それは試験の結果だけじゃなく、授業態度《じゅぎょうたいど》や出席率《しゅつせきりつ》、レポート提出率《ていしゅつりつ》などをふくめた総合《そうごう》成績をさすらしい。真は一学期、この内申点が最低だった。沢田ははっきり言わなかったけど、この場合の最低とは文字どおり、クラス最下位をさしている気がする。

こりゃあもう、なんとしてでも二学期で挽回《ばんかい》しなければならなかったのだ。

「それが、これだもんなあ」

沢田《さわだ》もとほうに暮《く》れるわけである。

「どうするよ、小林《こばやし》。このままじゃおまえ、私立《しりつ》の単願《たんがん》くらいしか手はないぞ」

「単願？」

「これから一念発起《いちねんほつき》してひたすら勉強して、受験本番でもいい点とれればべつだけど、この内申点じゃけっこう、本番勝負はきわどいんだよ。堅実《けんじつ》にいくならやっぱり単願とか推薦《すいせん》とかくっつけることになる。最近じゃ公立も推薦枠《わく》ふやしてきたけど、一番安心な単願でいくならやっぱ私立だな」

「私立で単願ならぼくでも受かります？」

「高校、どこでもいいならな」

単願。

よくわからないけど、ぼくはそれにすることにした。

「じゃあぼく、単願にします」

「なに？」

「私立の単願に決めました」

「決めたっておまえ、そんなかんたんに……」

「高校もどこでもいいです」

「しかし、今のおまえのレベルじゃ……」

当惑顔《とうわくがお》の沢田に、「いいんです」とぼくは言いきった。

「ぼくはぼくのレベルでいいですから」

もはや話はついたと思い、椅子《いす》から腰《こし》をうかした。なあんだ、べつにこまったことなんかなにもなかったのだ。

「そうか、おまえもそのタイプか」

沢田は首をひねりながらも、まわりの教師《きょうし》たちにはとどかない小声でぼそっとつぶやいた。

「最近、多いんだよ。競争意識《きょうそういしき》のまるでない受験生。まあそれもいいけど、まだ時間もあることだし、もういちどじっくり考えてみろ。ご両親ともよく相談してな」

それから、と沢田のごつい手がぼくの肩をつかんで椅子《いす》におしもどす。

「おまえ、どうなんだ、調子のほうは」

「調子？」

「ほら、だからあの、あれだよ、例の……」

沢田は言いづらそうに口ごもりながら、

「いやあの、あのことはな、おまえの母ちゃんからしばらくふれないでやってくれってたのまれてたんだが、どうもその……気になってな」

「ああ」と、ぼくは思いだした。「自殺《じさつ》のこと?」

「お、おい、ばか、言うなよ、そんなはっきり」

「そのことだったら、もう平気です。ちょっとした気の迷《まよ》いでした。もうしません」

いかにも平気そうにほほえんでみせると、沢田《さわだ》はぼくにくんくん鼻をよせ、

「ほんとか?」

「ほんとです」

「賭《か》けるか?」

「賭けません」

「せこいな」

「先生こそ」

「うん、たしかに最近のおまえ見てると、なんかふっきれた感じはする」

最後に沢田はいかついゴリラ顔を力《りき》ませていった。

「でも、もしクラスでなんか問題あるなら、すぐおれに言えよ。力になる。おれの力はすごいぞ」

その言葉にうそはなさそうだった。

プラプラのガイドによると、沢田はこれまでも実際《じっさい》、そのすごい力で生徒たちを守ってきたらしい。「いじめを見かけたら、まずは半殺《はんごろ》しにする。話をきくのはそれからだ」を信条《しんじょう》とする沢田を担任《たんにん》にもてたことは、真《まこと》の数少ない、ほとんどゼロに近い幸運のひとつだったと言えるかも

しれない。

　などと感慨《かんがい》にふけりつつ、ぼくは沢田に軽く会釈《えしゃく》をして職員室《しょくいんしつ》をでた。

　その夜、ぼくはいちおう真の母親に「高校は私立《しりつ》の単願《たんがん》にするから」と報告《ほうこく》しておいた。ぼくとしてはこのさい、真の自殺以降《いこう》ずっと休んでいたらしい塾《じゅく》の問題に決着をつけたかったのだ。高望みしなければ今の学力でもなんとかなりそうだから、もう塾はやめる、と。

「え、そう？　もう決めたの？」

　とつぜんの報告に母親は困惑気味《こんわくぎみ》だった。

「ちゃんと先生にご相談した？」

「ああ」

「先生もそうなさいって？」

「まあ」

「そう……」

　なにやらふかぶかと考えこんでいる。ぼくもぼくでこのとき、母親の反応《はんのう》よりもほかのことに気をとられていた。

　午後七時。いつもの夕飯どき。なのにこの夜、リビングのテーブルをはさんでいたのは、ぼくと母親のふたりきり。

この静けさはなんなんだ？

毎晩《まいばん》のように予備校《よびこう》に通っている満《みつる》はともかく、いつもおきものみたいにずっしりすわっている父親がいないなんて、ぼくの退院《たいいん》以来はじめてのことだった。

「お父さんね、今日からまた残業が続きそうなの」

ぼくのとまどいを察したのか、母親も父親の空席に目をむけていった。

「真《まこと》もわかってくれてると思うけど、今、お父さんの会社、たいへんなときでしょう？　あんな不正が発覚したあとで、なんとか信頼《しんらい》をとりもどさなきゃってみんな必死なの。でもお父さん、真のほうが大事だって、今までむりを言って早く帰らせてもらってたのよ。ただ、そろそろそうもいかなくなってきて……。真もだいぶ安定してきたようだからって、また会社人間に復帰《ふっき》したみたい」

「へえ」

ぼくはふふんと鼻を鳴らした。

「部長さんはたいへんだ」

「そうね、いろいろと新しい仕事もふえるしね」

ひにくにも気づかないこのにぶさ。

これからは彼女《かのじょ》とふたりきりの夕飯がふえていくってことか。想像《そうぞう》するだけでげんなりだった。母親とふたりの食事なんてだれだっていやだろうけど、ぼくの場合は、しかも他人の母親である。

見ず知らずのおばさん。

不倫《ふりん》していた人妻《ひとづま》。

汚《きた》ならしい中年女。

自分には関係ないことと思いつつ、みぞおちのあたりからつきあげてくる不快感《ふかいかん》は、時として
ぼくをひどく残酷《ざんこく》にもさせた。

「ふたりで飯《めし》なんか食ってるとさ」

そう、たとえばこんなふうに。ぼくは母親のおどおどしたひとみを刺《さ》すように見すえて言った。

「なんかもう、吐《は》きそうだよね」

そのまま箸《はし》を放りだし、つかつかと部屋にもどっていく。

その後、トイレに行った帰りかなんかに彼女とすれちがい、その目が赤くうるんでいるのを見たりすると、ぼくだってそれなりに良心が痛《いた》まないわけではなかったけど、もともと悪いのはこの女だ、なんでぼくが良心を痛めなきゃいけないんだよと、すぐに怒《いか》りが倍増《ばいぞう》してこれ見よがしな涙目《なみだめ》がにくらしくなる。たんなるホストファミリーだ、ほんの仮《かり》の宿なのだとわかっていながら、ぼくは小林家のなかでつねにいらだっていた。

そんなとき、荒《あ》れた心をしずめるまじないのように思いだすのは、桑原《くわばら》ひろかのことだった。

あのふっくらした顔や、ねっとりとした声には、ふしぎとぼくの気持ちをやわらげてくれる魔《ま》

力《りょく》があった。これが恋《こい》なのかどうかもわからないまま、ひろかのことを考える時間が日増《ひま》しに長くなっていく。眠《ねむ》れない夜にはひろかを思いながら真《まこと》の体を満足させてやることもあった。世話のやけることとである。

そうこうしてるうちに、ぼくはだんだん、プラプラのガイドブックにあった真の記憶《きおく》に疑問《ぎもん》を抱《いだ》きはじめた。

早い話、あれは真のかんちがいにすぎない気がしてきたのだ。

ぼくが思うに、ひろかといっしょにいた中年男とは、ひろかの父親にほかならない。ドラマやマンガによくあるたぐいの早とちりである。真はありがちな罠《わな》にはまってしまったのだ。

そうだ、そうに決まってる。……でも、じゃあどうしてラブホテルに？

父親がたおれたのだ！　そう、娘といっしょに歩いていたら、急に具合が悪くなった。あたりを見まわしても休めそうな場所はない。しかたなく、父娘はラブホテルで二時間だけ休憩《きゅうけい》していくことにした。よくある話である。実際《じっさい》、ぼくもこういう親子をよく見かける。日常茶飯事《にちじょうさはんじ》と言ってもいい……わけないか。

そんなわけはない。

「あのさ、ひとつききたいんだけど」

ある夜、ぼくは思いあまってプラプラにきいてみた。

「ぼくは今、小林真の体にいるけど、ほんとはただの魂《たましい》なわけだよね。魂っていうのは、軽くて透明《とうめい》で、どこにでもふわふわ飛んでいけちゃうものなんだよね？」

「もしも」と、プラプラはそっけなく返した。「もしも君が今、ふわふわ桑原《くわばら》ひろかの部屋まで飛んでいって、着替《きが》えのシーンでものぞき見しようとしてるなら、そういう考えは早いとこ捨《す》てたほうがいい」

「ひっ」

ぼくはのけぞった。

「なんでわかったの？」

「男はみんなそれをきくんだよ」

この手の質問《しつもん》にはうんざりしているらしく、プラプラの声は冷たかった。

「どいつもこいつも、魂と幽霊《ゆうれい》と透明人間《とうめいにんげん》をごっちゃにしてるんだ。でも、残念ながら君は幽霊ほど自由じゃないし、透明人間ほど特殊《とくしゆ》な芸もない。ただのしがない魂にすぎず、しかも今は小《こ》林《ばやし》真の肉体に縛《しば》られてるわけだから、そんなに都合よく出たり入ったりはできないってわけ。桑原ひろかの着替えがどうしても見たいなら、玄関《げんかん》からあがっていくんだな」

「くっ」

ぼくはがっくりベッドの上にたおれこんだ。とたん、さらに冷たいプラプラの声が覆《おお》いかぶさってきた。

「おい、まさかおまえ、そんな下心のためだけにおれを呼《よ》びだしたわけじゃないよな」

ぼくはむくっと起きあがり、窓辺《まどべ》にたたずむプラプラを見た。あいかわらずのポーカーフェイスだが、声と同様にまなざしも冷やかだ。どうやら怒《おこ》ってるようなので、そそくさとベッドをはなれ、勉強机《べんきょうづくえ》のひきだしから花札をとりだした。

「今日は七回戦でどう?」

にっこり笑いかけてみる。

プラプラは笑いかえさず、代わりに勉強机の椅子《いす》を指さした。

「ちょっと、すわれ」

「え」

「いいから、すわれ」

「はあ」

ぼくはしかたなくすわった。

とたん、プラプラは釣《つ》りあげた魚でもさばくように、すさまじい勢《いきお》いで説教をはじめたのだった。

「あのなあ、前からききたかったんだが、君にはこう、なんていうか、再挑戦者《さいちょうせんしゃ》としての自覚があるのか? ここが修行《しゅぎょう》の場であることをわかってんのか? だまって見てりゃあ、いつまでものほほんと……」

ホームステイ開始から約一カ月。どうやらプラプラはぼくの小林真《こばやしまこと》ぶりが気に入らないらしい。

再挑戦というからには、やはりそれなりの挑戦が必要なのだ、とめずらしく激《げき》した口ぶりでプラプラは言う。前世《ぜんせ》では失敗したこの下界で、なんとか魂《たましい》をきたえなおし、もういちど生まれかわる資格《しかく》をゲットしようという意気ごみ！　気迫《きはく》！　ガッツ！　なのにぼくにはこの「！」がひとつもない。油絵への熱意だけは評価《ひょうか》できるものの、それ以外はなんにもしないでぽけっと桑原ひろかのことばかり考えている。高校受験だって一番楽な道をさっさと選ぶ始末で、こんなことではとうてい修行にならない。修行にならなきゃ、魂のレベルはあがらない。魂のレベルがあがれば、ぼくはおのずと前世《ぜんせ》でのあやまちを思いだすことになってるのに、こんなことではいつになるやら見当もつかない。

「だいたいおまえさあ、前世のことなんか思いだそうともしてないだろ？　自分がなんのためにここにいるのかわすれてないか？　こんなこと言いたかないけどさ、おれだってこんなんじゃガイドのしがいがないよ。やる気のある行動的な魂のガイドがうらやましいよ、もう」

最後はグチでしめくくると、プラプラはふうっと息をついてベッドのふちに腰《こし》かけた。

「おしまい？」ときいても、返事はない。おしまいのようだ。

そこでぼくは猛然《もうぜん》と反撃《はんげき》を開始したのだった。

「じゃあ言わせてもらうけどさ、ぼくだって、その前世のあやまちとかいうのは考えたことあるよ。こんなところにステイしてるくらいだから、なんかよっぽど悪いことでもしでかしたんだろう、って。人を殺《ころ》したのかもしれない。だまして大金ふんだくったのかもしれない。ぼくの火の不始末のせいで何十人もの人が傷《きず》ついたのかもしれない。でもさ、そんなこと考えて、楽しいと思う? 暗くなるんだよ、気分がさ」

ぼくは足を組んで斜《しゃ》にかまえ、うらみがましくプラプラをにらんだ。

「第一、もしぼくがその前世のあやまちってのを思いだして、小林真《こばやしまこと》の体とさよならしてさ、今度はほかの……たとえば小森純《こもりじゅん》とか、小山進《こやますすむ》とかに生まれかわったとしても、そいつらが小林真よりマシって保証《ほしょう》はないわけじゃない。今度こそ楽しい人生が待ってるなんて信じらんないし」

「小池優子《こいけゆうこ》とか、小川陽子《おがわようこ》とか、な」と、プラプラは真顔でつけたした。「男に生まれかわるとはかぎらない」

「問題は、生まれかわるぼくが変わっても、生まれつく世界は変わらないってことだよ。前世のぼくに起こったひどいことは、来世《らいせ》のぼくにも起こりうるんだ。小林真に起こったことは、小森純や小池優子にも起こりうる」

「つまり条件《じょうけん》はみんなおなじってことだ。だれも保証などもって生まれない」

「ホームステイみたいにね。当たり外れは、ふたを開けるまでわからないんだ」

ぼくは乾《かわ》いた笑みをうかべた。

「あんたのボスは強引だな」

最初はただの反撃《はんげき》だったのに、しゃべってるうちに本気で悲しくなってきた。もういちど見知らぬ家庭に生まれつくことや、その世界でまた一から他人との関係をきずいていかなきゃならないことに対して、ぼくは自分で思っていた以上に不安や恐怖《きょうふ》をおぼえていることに気がついた。

まったく、ぼくは一体どんな前世を送ってきたんだか……。

気がつくと、プラプラがぼくの肩《かた》に手を当てていた。ふりむいて苦笑すると、プラプラも苦笑しながら、もう片方《かたほう》の手を机上《きじょう》にさしのべる。その指が花札のカードをつかんだ。

「やるか、七回戦」

ゲームなら、やりなおしもかんたん――。

4

十一月最初の日曜日。

ぼくはやぼったい真の髪《かみ》を切り、前髪《まえがみ》をムースでもちあげた。

翌日《よくじつ》、学校のろうかですれちがったひろかに「真くん、イケてる！」とほめられた。小林真になってから一番うれしかった瞬間《しゅんかん》だ。

真の貯金《ちょきん》をおろして流行《はや》りのスニーカーを買ったら、クラスの男子から「すげえ。いくらした？」と耳打ちされた。

席の近いやつらに「つぎの体育、どこ？」「けしゴム貸《か》して」などと話しかけても、最近はそんなにびっくりされなくなった。

変身の謎《なぞ》をしつこく追及しつづける佐野唱子《さのしょうこ》をのぞけば、クラスメイトたちは小林真《こばやしまこと》のぼくバージョンになれはじめている。

描《か》きかけの絵も、少しずつだけど順調に進行中。このぶんだと冬休みの前には仕上がるかもしれない。

プラプラはあんなふうに言ってたけど、こうして考えてみると、ぼくはぼくなりに、ちびちびと変化はしてるんだ。生まれかわるための修行《しゅぎょう》なんて興味《きょうみ》ないけど、真として快適《かいてき》に暮《く》らす工夫《くふう》ぐらいはする。前髪《まえがみ》をぴんと立たせたせいで、ほら、身長だってちょっとは高く見えるだろ？

なんてとくいになってたら、「気をぬくなよ」とプラプラに警告《けいこく》された。

「ホームステイは車の運転といっしょだ。なれはじめのころが一番あぶない」

そのとおりだった。


悪いことというのは、いきなりおそいかかるようでいて、ほんとうのところ、見えないところで着々と、じつに周到《しゅうとう》に用意されているものである。

高校は入れるところに楽して入る、という方針《ほうしん》を打ちだしてからというもの、ぼくはもう受験のことなんてすっかりわすれていた。当然、ほかの人たちもわすれてるものだと思いこんでいた。だから十一月なかばのある夜、二週間ぶりに夕食をともにした父親から、「できれば私立《しりつ》ではなく、公立高校に行ってくれないか」ともちかけられたときは、まるで不意打《ふいう》ちでもくらったようにおどろいた。

なにを今さら！　の大どんでんがえしである。

「じつはな、満《みつる》が大学の志望《しぼう》を変えて、医学部《いがくぶ》に入りたいと言いだしたんだ」

エアコンの暖気《だんき》でむんとしたリビングのテーブルでむかいあい、おずおずと話を切りだした父親は、なんともばつの悪そうな顔をしていた。

「あのとおり、満は朝から晩《ばん》まで勉強してるし、このごろはとくに躍起《やっき》になってがんばっている。父さんたちもなんとか希望をかなえてやりたいんだが、しかしな、医学部ってのはたとえ国立でも学費《がくひ》がべらぼうに高いんだ。それを支払《しは》った上で、さらに真の私立高校の費用《ひよう》も、となると、正直な話、わが家ではちょっと……」

父親が語尾《ごび》をにごすと、今度は横から母親が、

「お父さんの会社ね、今、立てなおしでたいへんな時期でしょ。上の人たちが総替《そうが》わりしてまだ混乱《こんらん》してるし、おとくいさんからの信用も回復《かいふく》してないし。お父さん、昇進《しょうしん》したといっても今年はボーナスもでないかもしれないの。今後もどうなっていくかわからないし、だから……」

というような話がたらたらと続いた。

「あ、でももちろん、公立は受かったらの話で、不合格《ふごうかく》ならしかたがないと思ってるわよ」

「ただな、真《まこと》。挑戦《ちょうせん》だけでもしてみないか？　真がやるだけやったら、あとは父さんたちがなんとかする。真がなにかに挑《いど》んでいくすがたを、父さん、見たいんだよ」

おいおい、また挑戦かよ。

そろって猫《ねこ》なで声をだすふたりに、ぼくはしらけきった目をむけた。

挑戦。挑戦。この言葉はなんだってぼくをこんなに無気力にさせるんだろう。

「ま、考えてみるよ」

とだけ言いのこし、ぼくはさっさと部屋にもどった。

公立受験、か……。

ベッドの上に寝《ね》ころがり、象牙色《ぞうげいろ》の天井をあおぎながら早速考えてみる。

医学部というはっきりした目標がある満《みつる》とちがって、ぼくはどうしても私立《しりつ》に行きたいわけじゃないし、金がないなら公立受験もしょうがないとは思っていた。ただ問題は、ぼくのホームステイが一体いつまで続くのか、ってことだ。せっせと勉強したあげく、入試の前に真の体とさようなら、なんて無駄骨《むだぼね》になることをぼくは憂《うれ》えているのだった。

「真、いい？　入るわよ」

憂えるぼくの耳に母親の声がひびいた。

ぼくの返事も待たずにカチャリとドアを開け、勝手に入ってくる。

「急な話で、ごめんなさいね」

あわててふとんにもぐりこんだぼくの、足もとのあたりで母親の気配が止まった。

「でも、わたしたちとしても、よくよく考えた上での話なの。お父さんとも何度も相談して、沢《さわ》田《だ》先生のご意見もうかがって……」

「沢田？」

なんで沢田が出てくるんだ？

「できるかぎり慎重《しんちょう》に考えたかったのよ。このことがまたあなたを苦しめたり、追いつめたりする可能性《かのうせい》についても、ね」

母親の張《は》りつめた声に、そうか、とぼくは納得《なっとく》した。真はまだ死の淵《ふち》から生還《せいかん》したばかりで、自殺《じさつ》の原因《げんいん》を彼女《かのじょ》たちは知らない。もしも受験の悩《なや》みが原因だとしたら、という可能性をおそれてるんだろう。

「でもお母さんね、あなたがどれだけの悩みをかかえているとしても、勉強で思いつめてるってことはない気がしたの」

母親が少し声をなごませた。

「だってあなたは小さいころから、成績《せいせき》なんてぜんぜん気にしない子だったから。テストの点が良くても悪くてもうわの空だったし、クラスでの順位を気にしたこともなかったわ。もともと順位を競いあうようなことがきらいだったのね。運動会でもそう、競走で勝っても負けても、あなたはいつも少しだけ悲しそうだった。勝ってもよろこぶのはトランプくらい。そんなあなただから、勉強のことで悩んだりはしないって思ったのよ。もちろん一〇〇パーセントちがうとは言いきれないけど、受験ノイローゼになるのはたいてい望みの高い生徒さんだって、沢田《さわだ》先生もおっしゃってたし」

母親の話をきいてるうちに、ぼくのなかに真《まこと》へのほのかな親しみがわいてきた。もしかしたら真も、挑戦《ちょうせん》って言葉がきらいなやつだったのかもしれない。汗《あせ》とか、なみだとか、勝利とか、どうでもいい試合にむりやりかつぎだされた気分にさせる、そのイメージが……。

「もういいよ、おれ、公立受けるから。自殺の原因、受験じゃないし」

ぼくはふとんをはいで起きあがった。

「もし原因が知りたいなら、あとで自分の胸《むね》にでもきいといて」

母親の顔を見るなり、なぜだろう、どうしてもよけいなひとことを口走ってしまう。

「どういうこと？」

母親の表情《ひょうじょう》がかげった。

「だから、自分の胸にきいてって」

「言ってくれなきゃわからないわ」

「わかるまで考えれば」

「考えたわよ、もうさんざん！」

絨毯《じゅうたん》にのびる母親の影《かげ》が、とつぜん、ぐねりとゆがんだ。

「真、お願い、話してちょうだい。ひとりでかかえこんで苦しまないで。真が自分から心を開くまで待とうってお父さんは言うけど、もうお母さん、これ以上待てないのよ。お願い、なにがあったのか、なにがそんなにつらかったのか教えて。死にたいほどのなにがあったの？　なにがあなたにあったの？　このままじゃわたしまでノイローゼになりそう！」

ヒステリックにまくしたてる母親の、やつれた、青黒い目の下の隈《くま》。まるで自分のほうが被害《ひがい》者《しゃ》きどりじゃん、と思ったとたんにカッときた。

「じゃあ、言うけどさ」

やめろ！

頭のなかにプラプラの怒声《どせい》がひびいたけど、ぼくは自分を止められなかった。

「フラメンコの先生は元気？」

母親の顔を見あげて、にっと笑いかける。

その瞬間《しゅんかん》、霜《しも》がおりるように母親の表情がこおりついていくのがわかった。まぶたが、ほおが、くちびるが、すべてが動きをなくしていき、ただひとみだけがいつまでもそわそわとうろたえている。身におぼえのある人間のリアクションだ。

やっぱり、な。ぼくはすっくと立ちあがり、母親のわきをすりぬけてクローゼットに歩みよった。真《まこと》の貯金《ちょきん》で買った黒いパーカーをはおって、さいふを片手《かたて》に玄関《げんかん》をめざす。

部屋をでる間際《まぎわ》にふりかえると、母親はその場にくずれおち、肩《かた》をふるわせて泣いていた。


外にでると雨がふっていて、ほおに当たった冷たいしずくに、ぞくっとした。そういえば朝からかぜ気味で熱っぽかったのを思いだしたけど、傘《かさ》を片手にぼくはそのまま歩きつづけた。

月も星もない十一月の夜は、どこかのボスの失敗作のように間がぬけていた。

「まぬけはおまえだ」

ふいに声がして、真横にプラプラがあらわれた。渋《しぶ》いトレンチコートとは不釣《ふつ》り合いな、白いふりふりの日傘《ひがさ》みたいなのをさしている。

やっぱりこのあたりが天使趣味《てんししゅみ》っていうか……。

「配給品だよ、おれのセンスじゃない」

プラプラはぶっちょうづらでぼくをにらんだ。

「それより、どういうつもりだよ。真の家庭をぶちこわす気か？」

「真が言えずに死んだこと、代わりに言ってやっただけだよ」

ぼくも負けずに言いかえした。いろんなことに心底うんざりしていた。

「知れば知るほど、真ってのは損《そん》なやつでさ。内気で、おとなしくて、だれにもなにも言えなくて、結局そのまま死んじゃった。でも、ぼくはちがうからさ。どうせぼくは前世《ぜんせ》で殺人《さつじん》だとか、強盗《ごうとう》だとか、ろくでもないことばっかりやってたんだろうから、今さらなんにもためらうことなんてないんだ。真のできなかったこと、ぜんぶぼくがやってやる」

「ひゃー、すごいな。正義《せいぎ》の味方みたいだ」

ヒューヒュー口笛を鳴らしながらも、ぼくを見すえるプラプラの目はきびしかった。

「でも、それってほんとに真のためなのか？　じつはぜんぶ自分のためなんじゃないの？　おまえさ、真があまりにも冴《さ》えなくて、ステイ先も気に入らなくて、いろいろ思うようにいかなくて、受験勉強までするはめになって、イライラして、母親にやつあたりして、真のためとか言ってるだけじゃないの？」

「だまれっ」

地面に傘をたたきつけ、ぼくは足を速めた。

プラプラはそれを拾って追ってきた。

「待てよ、おい。おれが言いたいのはさ、そんなに決めつけるなってこと。みんなの言う内気でおとなしい真ってのが、ほんとうの真とはかぎんないだろ。もしかしたらまわりのやつらが勝手に決めつけて、そんなイメージで真を縛《しば》りつけてたのかもしれない。おなじようにおまえも、前世で凶悪犯《きょうあくはん》だったとか、あんまり自分で決めつけないほうがいい。あやまちにはいろんな種類があるもんだからな」

さっきから頭の芯《しん》が痛《いた》くて、重い。プラプラの言うこともちんぷんかんぷんでわけがわからない。ぼくは無言で黙々《もくもく》と歩きつづけた。

「おい、どこ行くんだよ」

「べつに」

「あてもないくせに」

「ほっとけよ」

「家に帰れって」

「あんたこそ上に帰れ」

「おれにはガイドとしての責任《せきにん》がある」

「じゃあ、ガイドしてよ」

ぼくは足を止めた。

「桑原《くわばら》ひろかのところまでガイドしてって」

そのすばらしいアイディアがひらめいたとたん、ぼくはげんきんにも頭痛《ずつう》をわすれた。

「ね、たのむよ。今おれ、すごくあの顔が見たいし、あの声がききたいんだ。着替《きが》え見せろとか言わないからさ」

はやるぼくの目の前で、しかしプラプラは気の進まない様子で考えこんでいる。

「ガイドするのはかまわないけど」

やがて哀《あわ》れむような目をして言った。

「でも、今はやめておけ。今夜、彼女《かのじょ》に会えば君は少なからず傷《きず》つくことになる」

「傷？」

「小林真《こばやしまこと》とおなじたぐいの」

「あ」

そういうこと、か……。

プラプラの言う意味を察したとたん、夜の冷気がさらに五度ほど冷たくなった気がした。きゅっ、と氷の手で心臓《しんぞう》をつかまれたような息苦しさ。真を縛《しば》っていた運命から、ぼくはどうしてものがれられないのかもしれない。でも、それでも――。

「それでも、ぼくは真とはちがうからさ」

ぼくは大きく深呼吸《しんこきゅう》をして、言った。

「ぼくは真ほど弱くないから」

白と黒の傘《かさ》の下、プラプラの顔色が灰色《はいいろ》にくもった。

ぼくはその手から黒のこうもりを奪《うば》い、「行こう」と先に立って歩きだした。

ひどいことも、傷《きず》つくこともふくめて、桑原ひろかを本気でもっと知りたかった。

5

近所の停留所《ていりゅうじょ》からバスに乗って二十分。終点の駅から徒歩十分。卑猥《ひわい》なネオンのつらなる裏通《うらどお》りの一角に、『ららばい』という小さな喫茶店《きっさてん》がある。そこに桑原《くわばら》ひろかはいる、というプラプラのお告《つ》げにしたがって、ぼくは今どきそんな名前の店があるのかといぶかりながらもさがしまわった。

意外とすぐに見つかった。

午後九時すぎ、ぼくが『ららばい』の看板《かんばん》を見つけたとき、ひろかはちょうど店からでてくるところだった。紫《むらさき》ガラスの自動ドアのむこうに青っぽい影《かげ》がうかび、開くと、それは大人びた濃《こ》い緑《みどり》のジャケットをはおった彼女《かのじょ》のすがただった。背後《はいご》には四十代にも五十代にも見える中年男がいる。見た目はごくふつうのサラリーマンといった感じで、ぱりっと背広《せびろ》なんかを着こんでいた。たれさがった目尻《めじり》のあたりがひろかに似《に》ている。やっぱり親子かも。

このごにおよんでまだそんなことを考えていたぼくに、とどめを刺《さ》すようにふたりはそのまま裏通りを進み、さらにあやしい秘境《ひきょう》エリアへと近づいていく。

傘《かさ》で顔をかくしつつ、ぼくはふたりを尾行《びこう》した。そう、自殺《じさつ》の数日前に真《まこと》がこうしてふたりのあとをつけたように。そして、あの夜とおなじように、ふたりは一軒《いっけん》のラブホテルの前で足を止めた。

一見シティホテルのようにも見える白壁《しらかべ》の欧風《おうふう》ホテル。

男は十分に元気そうで、なんというか、やる気にあふれた観《かん》があり、残念ながら具合の悪い父親には見えない。ひろかの肩《かた》を抱《だ》き、さりげなくホテルの出入り口へとリードしていく。

ぼくは真みたいに茫然《ぼうぜん》と立ちつくしたりはしたくなかったから、決意をかためて、足をふみだした。男が先に玄関《げんかん》をくぐり、ひろかが傘をたたむ。その一瞬《いっしゅん》の隙《すき》にダッシュで駆《か》けより、ひろかをさらって逃《に》げたのだ。

「走れ!」

ひろかの手首をつかんでさけび、うむを言わさず駆《か》けだした。傘など投げすてて、なりふりかまわず、全力で健全な通りをめざした。最初はきゃあきゃあ抵抗《ていこう》していたひろかも、とちゅうで誘拐犯《ゆうかいはん》がぼくってことに気づくと、「やだ、真くん」などとのんきな声をだしておとなしくなった。

秘境をはなれ、裏通りをすぎて、ようやく明るい繁華街《はんかがい》に到着《とうちゃく》。そこで見つけた二十四時間営《えい》業《ぎょう》のドーナツショップに、ぼくはひろかをおしこんだ。

「ひろか、ココナッツの食べてもいいかな」

「なんでもいいから、早くたのめ!」

トレーをかかえて二階席へ急ぐと、中途半端《ちゅうとはんぱ》な時間帯のせいか、客の数はまばらだった。めだたない隅《すみ》のテーブルに腰《こし》をすえ、ぼくはようやくひと息ついた。

「はあー」

思わずテーブルの上にのびてしまう。

まだ息は荒《あら》く、心臓《しんぞう》はどきどきで、ムースの落ちた前髪《まえがみ》はべっとりひたいにはりついていた。

「やだもう、真《まこと》くんってばカッパみたい」

楽しそうにきゃっきゃとはしゃぐひろかは、おなじぬれねずみでも、まるでなぎさのマーメイドだ。が、今は見とれてる場合じゃない。

「どういうんだよ、もう」

興奮《こうふん》さめやらぬまま、ぼくはひろかにつめよった。

「あのおやじ、なんなのあれ」

冷静に考えれば、きくまでもなく答えなんてわかりきっていたはずだ。でもぼくは現実《げんじつ》から目をそらしたまま、父親説でもなんでもいいから、とにかくひろかになにかを否定《ひてい》してほしかった。

ひろかはぬれた髪《かみ》をいじりながらほほえんだ。

「ひろかの愛人だよ」

こともなげに言って、ココナッツドーナツに手をのばす。

「前に街でスカウトされたの、愛人になりませんか、って。それで、お金のこととか交渉《こうしょう》して、そういうことになったの」

「お……金?」

よろめく体をテーブルで支《ささ》え、ぼくは文字どおり、頭をかかえこんだ。

だから言ったじゃないか……と、プラプラのため息がきこえるようだった。


濃緑《こみどり》のジャケットの下は、体にぴったりしたニットの黒いワンピースだった。大きく開いた胸《むな》もとには金のネックレスが光り、足もとは編《あ》みあげの黒いブーツで決めている。二万八千円もはたいたぼくのスニーカーが色あせて見えるくらい、今夜のひろかは洗練《せんれん》されたゴージャスなムードをふりまいていた。それもこれもぜんぶあのおやじの貢《みつ》ぎものかと思うと、ぜんぶはぎとって窓《まど》から投げすててやりたくなる。

顔にはうっすらと化粧《けしょう》までしていた。眉《まゆ》はきれいに整《ととの》えられ、眠《ねむ》たげなひとえまぶたにはパールのシャドーがかかっている。薄紅《うすべに》のリップで彩《いろど》られたくちびるは、肉厚《にくあつ》に見えるぶん、ふだんよりよけいに官能的《かんのうてき》だ。

このくちびるで、このひとみで、この幼《おさな》い体で中年のおやじから金をかせいでるなんて、うそだろう?

「だってね、ひろかのほしいもの、みんな高いんだよ」

とうぶん立ちなおれそうにないぼくの前で、ひろかはココナッツドーナツをぺろりとたいらげた。それから、言いわけというよりは、むしろぼくをなだめるようにしゃべりだした。

「きれいな服とか、バッグとか、指輪とか、ひろかがいいなって思うもの、みんなすごい高いの。おこづかいなんてためてたらね、一年たっても買えないくらい高いの。ほんと、どうしてこんなに高いんだろうって悩《なや》んじゃうくらい高いんだから。でもね、ひろかが三回くらいエッチすれば、買えるの。へへ」

指についたココナッツをなめながら笑う、このあどけない娼婦《しょうふ》に一体なにが言えるだろう？

「どしたの、真《まこと》くん。ぼうっとしちゃって」

人の気も知らず、むじゃきな笑顔をむけるひろかに、

「よくわかんないんだけどさ」

ぼくはぼそっとつぶやいた。

「そんなの、いやじゃないのか？」

「そんなって？」

「だからその、あんなおやじと……」

セックスだなんて！

ぼくは想像《そうぞう》するのもいやだけど、ひろかはからりと笑顔のまま、

「うーん。最初はちょっといやだったけど、でももうなれたっていうか、肌《はだ》が合ってきたっていうか、ね。今はひろか、エッチ好きだし、それにあの人もけっこういい人で、当たりだし」

「当たり？」

「当たり外れがあるの。ともだちの話とかきいてると、ひろかのあの人はかなり当たり。気前いいし、エッチのときだって……」

「やめろよ」

最後まで言わせずさえぎった。

「いいよ、そんな話」

ききたくもない。

ぼくは気持ちを落ちつかせるため、冷めかけたココアを口に運んだ。この世のものとは思えないほど甘《あま》く、ひどい味がした。世のなか、なんにでも当たり外れがあるらしい。真の初恋《はつこい》もどうやら大外れのようだけど、それでもひろかを、今さらきらいになんてなれなかった。

「ひろか」と、ぼくは気をとりなおして言った。「きれいな服とか、指輪とかって、そんなにほしいもんか？」

「うん、ほしい。っていうか、ひろかほかにほしいものとかもないし」

「あんなおやじと寝《ね》てまでほしいもんか？」

「ほしいよ」

「大人になるまで待てないの？　もっとまっとうに金かせげるようになるまでさ」

「待てないよ、ひろか」

待てるわけないじゃん、とひろかははじめて声をとがらせた。

「じゃあ真《まこと》くんはさ、その高そうなスニーカー、大人になるまで待てる?」

ぼくはぎくっと足もとを見おろした。ハデな黄緑のラインが入った青いスニーカー。超人気《ちょうにんき》のメーカー名が光っている。

「三十とか、四十とかになってもそういうの、履《は》きたいと思う?」

「う……」

ううん、ぜんぜん。

「ひろかもいっしょだよ。きれいな服も、バッグも指輪も、ひろかは今ほしいの。大人になってからほしいなんて思ったことないの。どうせひろかの体なんておばさんになったらもう価値《かち》なくなっちゃうんだし、価値なくなってからきれいなもの買ってもしょうがないもん。エプロンやババシャツの似合《にあ》う年になったら、ひろかはおとなしく、エプロンやババシャツを着るよ」

挑戦的《ちょうせんてき》にあごをつきだし、ひろかは迷《まよ》いのない口ぶりでどうどうと言いはなつ。

今だからこそ価値のある体で、今の自分にこそ価値のあるものを手に入れる。それがいけないことだなんて夢《ゆめ》にも思ってないみたいだ。

「でも今はひろか、いつもすてきな服を着て、すてきな気分でいたいんだよ。この服だって、あの人のプレゼントだけど、すてきでしょ? 黒はひろかのお気にいりだもん。ひろか、お気にいりの服を着てると何時間でもずうっとしあわせで、全人類を愛せちゃう気がするんだから」

自信たっぷりに黒をまとったひろかを、ぼくはなぜだか正視《せいし》するのが、つらかった。たしかに、色白のひろかには黒がよく映《は》える。でもさ、ひろか。あのおやじがその服を買ったのは、ひろかにそれを着せるためだけじゃなくて、脱《ぬ》がせるためでもあるんだぜ。

「真くん、悲しくなった?」

ふいにひろかが声を落とした。

「なんで?」

「ときどきね、ひろかと話してると悲しくなるって言う人がいるの」

「うん」

その気持ちはよくわかった。

「そういうこと言われると、ひろかも悲しくなる」

「悲しくはないよ」と、ぼくはうそをついた。「ただ、くやしいだけ」

「くやしい?」

「おれが大金持ちだったら、今すぐ、ひろかを買《か》い占《し》めるのに」

どさくさにまぎれてなにを言う。口にした矢先《やさき》から赤面《せきめん》した。これじゃあのすけべじじいとおなじ発想じゃないか!

ところが、返ってきたのは意外な声だった。

「真くん、ひろかとエッチしたいの?」

ひろかは真顔で言ったんだ。

「ひろか、してもいいよ」

「えっ」

いいの⁉

「真《まこと》くんならいいよ」

「ほっ」

ほんとかよ‼

ぼくを天まで舞《ま》いあがらせて、ひろかは最後に、つきおとした。

「うん。真くんならひろか、二万円くらいでいい」

ぼくは耳をうたがった。それから甘《あま》い期待を抱《だ》いた自分自身をのろった。雨にぬれた前髪《まえがみ》のようにときめきがしぼんでも、性欲《せいよく》だけはいっこうにおとろえないのが切《せつ》なかった。

「ひろかと寝《ね》たいよ」

ぽよんと愛らしいひろかのくちびる。そのつややかな桃色《ももいろ》に未練を残しつつ、言った。

「でも、寝ない」

「どうして？」

「あんなおやじといっしょになりたくない」

一瞬《いっしゅん》の沈黙《ちんもく》のあと、ひろかは肩《かた》をすぼめて「わかった」と笑った。ひろかにしてはぎこちない笑顔だった。

「じゃあひろか、行くね」

「どこに?」

「あの人のとこ。さっきから携帯《けいたい》ぶるぶるしてるの」

ひざにのせていた携帯電話をもちあげて見せる。

「会うのかよ!」

思わず声を荒《あら》らげた。

ひろかはぼくをなだめるように言った。

「真くんがひろかのことひっぱって逃《に》げたとき、ひろかけっこう、おもしろかったよ。ドラマみたいで楽しかった」

「じゃあ、行くなよ」

「でも、あの人がかわいそうでしょ。ひろかにお金くれて、やる気まんまんだったのに」

「そんな……」

「それに、やっぱり契約《けいやく》は守らなきゃ」

高そうなブランドのバッグを肩《かた》にかけ、ひろかはすっくと立ちあがった。じゃあ真くん、またね、と軽やかに身をひるがえす。

「ひろか!」

追いかけなければと思った。早くひろかを追いかけて、なにかかっこいいことを言って、つれもどすんだ。早く、早く――。

なのに、気持ちがあせるばかりで肝心《かんじん》の足は動かず、そうこうしているうちにもひろかはどんどん遠ざかっていく。やがてはぼくの視界《しかい》から消えて、入れちがいにあらわれたカップルがとなりの席についた。いかつい男とごっつい女の重量級カップル。ふたりとも空腹《くうふく》なのかばくばくとドーナツをたいらげていく。シナモンドーナツ。チョコクリーム。フレンチクルーラー。ジャムドーナツ。チーズマフィン。ひろかの好きなココナッツドーナツ……。もうだめだ、間に合わない。ぼくは完全にひろかを見失ってしまった。

そう思った瞬間《しゅんかん》、ぼくは卑屈《ひくつ》にも心のどこかで、ほっとしていた。

6

ツイてない日というのは、まったくとことんツイてないものである。

ぼくの頭痛《ずつう》はその後もさらに悪化して、ふらふらとたよりない足どりでドーナツ屋をでると、雨脚《あまあし》もさっきの四倍くらいに強まっていた。しかも、傘《かさ》はひろか略奪《りゃくだつ》のさいに投げすててきていた。

しょうがない。ぼくはパーカーのフードをすっぽりとかぶり、底冷えのする夜の街を歩きはじめた。

雨にぬれたアスファルトは、まるで赤ワインにでもひたされたように、暖色系《だんしょくけい》のネオンを少しみだらににじませている。

ワインの川を泳ぐ人々の群れ。

ひときわ目につく相《あい》あい傘のカップル。

いかがわしげなビラを配っている黒服の男たち。

客引きのがなり声に、雨と風と電車の音。

パワーのないときは酔《よ》っぱらいの笑い声さえ気にさわるもので、ぼくの足は自然と人のいないほうへ、いないほうへと進んでいき、細い路地や陸橋をこえて駅からだいぶ遠ざかったころ、小さな公園の前にさしかかった。

ブランコとすべり台と砂場《すなば》だけの見るからにさびれた公園だ。が、ぼくはもうぜいたくを言ってられないほどふらついていたので、迷《まよ》うことなく赤錆《あかさび》のういたベンチに腰《こし》をおろした。

体がはげしくふるえだしたのはその直後だった。ふっと気をぬいた一瞬《いっしゅん》の隙《すき》を、頭痛と悪寒《おかん》と、吐《は》き気にいっせいにおそわれた。ふりしきる雨のなか、今にもくずれそうな体を必死で支《ささ》えながら、ぼくはこんなところでなにをしてるんだろうと考えてみる。ぼくさえその気になってれば、今ごろあたたかいベッドでひろかとふたりきり……なんてこともありえたのに、と思うと泣きたくなった。そして、ぼくがその気にならなかったがために、今ごろあたたかいベッドでひろかと中年男がふたりきり……なんて想像《そうぞう》すると、実際《じっさい》に泣けてきた。

「君は小林真《こばやしまこと》ほど弱くないんじゃなかったっけ？」

ふいに頭上の雨がやみ、見あげると、いつのまにかそこにいたプラプラの日傘《ひがさ》で視界《しかい》が白く染《そ》まった。

「真はふたりを尾行《びこう》しただけ。もうひとおししたぶん、おれのが傷《きず》は深いんだ」

ぼくが憮然《ぶぜん》と言いかえすと、プラプラはにやけた声色《こわいろ》で、

「後悔《こうかい》してるわけ？　桑原《くわばら》ひろかを買わなかったこと」

「あたりまえだろ。してるよ、後悔。そんなのはじめからわかってたんだ」

「でも、金で彼女《かのじょ》と寝《ね》てたら、あとからもっと後悔してた」

「それもわかってた」

「かしこいぞ、少年」

プラプラはにっと歯を見せて笑った。

「君はまずまずうまくやったよ。とりあえず誘惑《ゆうわく》には勝ったわけだ」

「ありがとう」

ぼくもにっと歯を見せて笑った。

「でも、それってそうとう、よけいなお世話だよ。言っとくけど、ぼくはべつにかしこく生きたいわけじゃないんだ。なにかに勝ちたいわけじゃないんだ。そんなふうにさ、わかったような顔で、だれかにほめられたいわけでもないんだよ」

ぞくっと、ふたたび首《くび》すじを悪寒が走った。ぼくは両手で体を抱《だ》きしめてうずくまった。

「問題は、せっかくぼくがこの手でひろかをさらって逃《に》げたのに、結局、どこにもつれていけなかったってことだよ。ひろかと寝なかったのも、ひろかを追わなかったのも、ほんとはぼくがかしこいからじゃなくて、臆病者《おくびようもの》のせいなんだ」

かすれた声をしぼりだすと、プラプラはぼくのせなかをさすりながら、

「そのかしこさや臆病さが君を救《すく》うんだ。第一、君はまだ十四歳《さい》で、だれかを救おうなんて考えるのは早すぎる。あっちに行こうとしている人間をこっちに行かせるなんてこと、うちのボスにだってむずかしいんだぜ」

「あんたにもできないの？　今すぐひろかを家につれもどすこと」

「悪いが、おれは天使で、超能力者《ちようのうりよくしや》じゃない」

「あれ。じゃあ、超能力者のほうが天使よりすごいわけ？」

「よくわかんないけど、むにゃむにゃ」

プラプラはあいまいに語尾《ごび》をにごした。

「まあとにかくおれの役職《やくしよく》はガイドで、案内はするけど、送迎《そうげい》までは受けつけてないってこと。たとえば今、高熱を出して迷子《まいご》になってる君に、おれは家までの道《みち》すじを教えることはできる。でも、立って歩くのは君自身ってことだ」

高熱と言われたとたん、たちまち体がその気になって、よけいに苦しくなってきた。真の家ま

で歩く気力なんてありっこないし、たとえあったとしても、ぼくには帰れない。おきざりにしてきた母親の嗚咽《おえつ》がまだ耳に残っていた。帰れない。

「ひとつ質問《しつもん》していい？」

ぼくはゆらりとプラプラを見あげた。

「この再挑戦《さいちょうせん》って、リタイアはできないのかな」

「たったひと月半でリタイア、か」

プラプラはため息まじりに首をゆらした。

「思いだしてみな。最初に君が再挑戦の辞退《じたい》を申しでたときも、そんなことはゆるされなかったよな。もちろんリタイアもいっしょだ。抽選《ちゅうせん》の力はぜったいなんだ」

「じゃあさ、ぼくがこのままずっとやる気なくすごして、いつまでたっても前世《ぜんせ》のあやまちってのを思いださなかったら、そしたらぼく、永遠《えいえん》に小林真《こばやしまこと》を続けるわけ？」

「いちおう期限《きげん》はある。一年間が目安だ」

「目安ってなんだよ」

「ケース・バイ・ケースってこと。世のなか、のろまなやつもいればすばしっこいやつもいるからな」

「けっこういいかげんなんだな」

「そりゃあ、おれたちの業界だって、この下界とおなじボスが仕切ってるわけだから」

「なるほど」と、ぼくはみょうに納得《なっとく》した。「それで、その期限がすぎたらぼくはどうなるの?」

プラプラは表情《ひょうじょう》をひきしめて言った。

「君はタイムオーバーで再挑戦に失敗。永遠に輪廻《りんね》のサイクルにもどれなくなる。つまり、もう二度と生まれかわれないってことだ」

「そしたらぼくの魂《たましい》はどうなるわけ?」

「君の魂は、小林真の体からぬけて消滅《しょうめつ》する」

「消滅」

「そう、シュッと」

「シュッと」

ぼくはソーダの泡《あわ》みたいに消滅するちっぽけな魂を思《おも》い描《えが》いた。

やっかいなことも、おっくうなことも、どうにもならないことも、すべてがその瞬間《しゅんかん》にシュッと消えてなくなるんだろう。

それは切《せつ》なくて、そしてすてきな光景に思えた。

「でも、そしたらさ」と、ぼくはこのさい、前から気になっていたこともきいてみた。「ぼくの魂がぬけたら、小林真はどうなっちゃうわけ?」

プラプラはこともなげに言った。

「君の魂の消滅とともに、小林真の肉体も永眠《えいみん》する。今度こそほんとうに心臓《しんぞう》が止まって、な。

本来はとっくに死んでいた体だ」

すっかり冷えきった真《まこと》の体を、ぼくは複雑《ふくざつ》な思いでながめまわした。

あいかわらず、借りてるぼくまでみじめになるほどぶさいくな体だ。が、それでも、どのみち長くない命だと思うと、なんだか真が気《き》の毒《どく》になる。

いいことなんてなんもなかったよなあ。

このまま死んじゃうんだ……。

ひろかのこと。母親のこと。父親のこと。意地悪なアニキに、のびない身長。学校での孤独《こどく》。そのうちのなにがもっとも真を追いつめたのかなんて、そんなのぼくにもわからない。たぶんそのぜんぶがからまりあって毎日がどんどん重たくなり、その重たい毎日がつみかさなってさらに重くなり、とうとう一歩も動けなくなっちゃったんだ。

ひたいに落ちた雨《あま》つぶがほおを伝って首《くび》すじに流れていく。そのほんのわずかなあいだ、ぼくははじめて真のために祈《いの》った。

黙禱《もくとう》が終わると、プラプラにむきなおって言った。

「質問《しつもん》、終わり。もう今日はガイドいらないよ、どうせ家には帰らないから。できればぼくをひとりにしてくれるとうれしいんだけど」

雨も弱まってきたし、今夜はこのまま野宿でもするつもりでいた。

「こんな日に、こんなところで野宿？　正気かよ」

プラプラはむきになって反対したけど、ぼくはきかなかった。

「あっちに行こうとしている人間をこっちに行かせることはできないって、さっきあんた、言っただろ」

この夜のぼくは、とことんなげやりに、すてばちになってやりたい気分だったんだ。

ついにはプラプラもあきらめ、ぼくに日傘《ひがさ》と不吉《ふきつ》な予言を残して、消えた。

「いいか、君はまだ今日という一日を甘《あま》く見ている。ツイてない日ってのは、最後の最後まで徹《てっ》底的《ていてき》にツイてないもんなんだ。家には帰らないとしても、せめてこの公園からは離れたほうがいい」

でもぼくはすでに朦朧《もうろう》としていたし、これ以上悪いことなんてありえないと思っていた。そこで、プラプラの警告《けいこく》もきかずにそのままベンチに横たわり、なかば意識《いしき》を失うようにしてことんと寝《ね》てしまった。

ツイてない日というのは、最後の最後まで徹底的にツイてない。

その意味を完璧《かんぺき》に理解《りかい》したのは、真夜中、傘の柄《え》でなぐられたような頭痛《ずつう》に飛びおきたときだった。

おなじ頭痛でも、さっきまでの鈍痛《どんつう》とはまったく種類がちがった。というよりも、次元がちがった。頭の皮膚《ひふ》をひきちぎられるような激痛《げきつう》。ハンパじゃない痛《いた》みが頭蓋骨《ずがいこつ》の内側ではなく外側で炸裂している。なんだろう、この強烈な痛みは……と薄目を開いたぼくは、実際、自分が傘の柄でなぐられていたことを知って、びっくりぎょうてんした。

街灯ひとつないまっ暗な公園。

いつのまにか雨はあがり、代わりにいくつもの視線《しせん》がぼくの上にふりそそいでいた。数人の黒い影《かげ》がぼくを見おろすようにしてベンチをかこんでいる。そのうちのひとりがぼくのパーカーのポケットに手をのばし……あ、さいふ！

びくっと体をひねったとたん、横腹《よこばら》に痛烈《つうれつ》なパンチをくらった。

「うっ」

効《き》いた。おまけにさいふもとられた。

腹をかかえてうめくぼくの胸《むな》ぐらを、だれかの厚《あつ》い手がぐいとつかんでゆさぶりをかける。バシバシッと、今度は往復《おうふく》ビンタをくらった。ほおが熱い。ぼやけた頭に電撃《でんげき》が走る。くそぉ、なんて痛い一日なんだ……。

気がつくと、ぼくは地面にひきずりおろされていた。ぬかるみを這《は》うぼくの背《せ》に、うでに、足に、つぎつぎと蹴《け》りが飛んでくる。そのたびにぼくはうなり声をあげ、かじかんだ指さきをぴくぴくとふるわせた。やがてだれかがぼくのせなかに馬乗りになり、げぼっとなった瞬間《しゅんかん》、ものすごい力で両足首をにぎられた。つまさきをぐいぐい引っぱられ、とたんに両足が軽くなる。……なんだ？

「ああああ！」

なにをされたのか気づいたとたん、ぼくはわれをわすれて絶叫《ぜっきょう》していた。

「返せ、スニーカー！」

なぜあんなに狼狽《ろうばい》したのか自分でもわからない。どこにあんな力が残っていたのかもわからない。でもつぎの瞬間、ぼくは猛然《もうぜん》と立ちあがり、群がる黒い影《かげ》に挑《いど》んでいたのだった。

「ぼくの靴《くつ》、返せ。返せよっ」

小さな体をめいっぱい力《りき》ませての反撃《はんげき》。

反応《はんのう》はあざけるような笑い声だけだった。ちょこんと胸《むね》もとをつつかれただけで、ぼくはあっけなく地面にひっくりかえってしまった。続けざまにガツンとあごをなぐられ、あまりの衝撃《しょうげき》に手をやると、なまあたたかい液体《えきたい》にてのひらが赤く染《そ》まった。

「返せってば！」

なつかしいような血のにおいが口中に広がっていく。

全身どろだらけになりながらも、ぼくは何度も起きあがり、がむしゃらに体当たりしては、そのたびに笑われて、地面にたたきつけられた。返せよ、スニーカー返せ！　ぼくのスニーカー！　返せ、返せと遠吠《とおぼ》えのようにさけんでるうちに、なさけないけどぼくはとうとう泣きだしてしまった。

真《まこと》の貯金《ちょきん》をおろして買った、ぼくのとっておき。これでちょっとは真の見た目に自信がもてると思ったのに。ぼくなりの精一杯《せいいっぱい》の工夫《くふう》だったのに。世のなかには十万や二十万のスニーカーもあるってのに、なにもぼくの二万八千円をとらなくたっていいじゃないか。

「せこいんだよーっ」

わめいたとたん、ふたたび脳天《のうてん》に傘《かさ》の柄《え》が落ちてきた。

ぐらっと世界がゆがんで、ぼくはそのひずみに落っこちた。

意識《いしき》を失う寸前《すんぜん》、「おいっ」と遠くで声がした。

「なにしてるんだ、やめろ！」

どこかできいた男の声。

「警察《けいさつ》がくるぞ！」

せまってくる足音に、逃《に》げだしていく足音。ぼくをとりまいていた影《かげ》の気配が消えると、入れかわりにだれかがぼくの肩《かた》をゆすった。

「おい、真。だいじょうぶか？」

ああ、そうか。満《みつる》の声だ……。

「スニーカーが……」

どうやら助かったようだと脱力《だつりょく》しながら、それでもぼくはまだしつこくあえいでいた。

「スニーカーがさ、ぼくのスニーカーが、スニーカーが……」

にごった意識のなかでくりかえしてるうちに、うっとのどもとにこみあげてくるものがあった。ぼくには体を立てなおす余力《よりよく》もなく、冷たいぬかるみに口を当てたままげぼげぼと吐《は》きはじめた。満《みつる》はなにかぶつぶつ言いながらぼくのせなかをさすっていた。

胃《い》がからっぽになると、急激《きゅうげき》に寒さが増《ま》して、今度こそほんとうに気を失った。

7

ゆれる夜汽車。

窓《まど》の外を舞《ま》う雪。

とどろく波の音。

ひろかの白い肌《はだ》。

——すぐに悪夢《あくむ》とわかる悪夢を見た。

ぼくはひろかとふたりで夜汽車に乗っている。どうやら駆《か》けおちの最中らしく、「ドラマみたいでおもしろい」とひろかは機嫌《きげん》よく笑っている。なかよくよりそうぼくらのしあわせは、しかし夢《ゆめ》ならではの理不尽《りふじん》さであっけなく奪《うば》われる。

終着駅で夜汽車が止まる。すると、例の中年男がホームでぼくらを待っている。たちまちひろかの態度《たいど》が変わる。

「ひろか、やっぱりこの人と行かなきゃ」

「なんでだよ」

「だって真《まこと》くんは裸足《はだし》だから」

ハッと足もとに目をやると、たしかにぼくは裸足である。二万八千円のスニーカーがない。

愕然《がくぜん》と立ちつくすぼく。

ひろかをつれ去る中年男。

うすら寒い駅のホーム。

線路の上に降《ふ》りつもる雪。

そこでいきなりシーンが飛んで、気がつくとぼくは回送中の夜汽車にゆられている。

ほかに客もいないのに車掌《しゃしょう》が検札《けんさつ》にくる。

「切符《きっぷ》を拝見《はいけん》します」

ぼくが切符を見せると、車掌は首を横にふる。

「これはもと小林《こばやし》真の切符です。今の小林真の切符を見せてください」

「ちがうんですか？」

「ちがいます。だれも気づかなくても、あたしにはわかります」

見ると、車掌は佐野《さの》唱子《しょうこ》である。

ぼくはうろたえて立ちあがる。窓の外に目をやると、真の母親がフラメンコ講師《こうし》とフラメンコを踊《おど》っている。

なんだここは？

なんなんだこの世界は⁉

ぼくはますますうろたえる。これが夢《ゆめ》ってことくらいとうに勘《かん》づいているものの、じゃあ現実《げんじつ》はどこにあるんだろうといくらさがしてもわからない。このグロテスクな世界から脱《だつ》する出口が見つからない。

だれかの演歌《えんか》がきこえてきたのはそのときだった。

低くささやくような男の歌声。北国の悲しい演歌だ。だれだよ、フラメンコに合わせてこんな歌うたうのは。だれだよ……。

まぶたを開くと、そこには自分の歌声に酔《よ》いしれている父親の顔があった。

夢から覚めた現実の小林家。ぼくは真《まこと》の部屋のベッドの上にいて、あたりは薄暗《うすぐら》く、父親はベッドのふちに腰《こし》かけてぼくの横顔をながめていた。ぼくと目が合うなり、「おっ」とのけぞって、はずかしそうに部屋をでていく。

——病床《びょうしょう》の息子のまくらもとで演歌《えんか》をうたう父親？

ぼくは一瞬《いっしゅん》、自分がまだシュールな夢のなかにいる気分になったけど、しばらくして薬を片手《かたて》に父親がもどってきたところを見ると、夢ではなかったらしい。なぜ演歌などうたっていたのかききたかったけど、のどが痛《いた》くて声がでなかった。

のどだけじゃない。意識《いしき》がはっきりしてくるにつれ、全身がぎしぎし痛みはじめた。おまけにひどく寒い。

あとからわかったことだが、ぼくはあの夜、満《みつる》の呼《よ》んだパトカーでとなり町の救急病院《きゅうきゅうびょういん》に運ばれ、傷《きず》の手当てと、出血していた頭部の精密検査《せいみつけんさ》を受けてから、むかえにきた両親につれられて帰宅《きたく》。その後、昏々《こんこん》と二十時間近くも眠《ねむ》りつづけていたらしい。そして、ようやく父親の演歌で目覚めたってわけだ。が、熱はまだ高く、胃《い》はむかむかしていて、飲んだかぜ薬もすぐに吐《は》きだしてしまうほどだった。

断続的《だんぞくてき》な頭痛《ずつう》と悪寒《おかん》に悩《なや》まされ、ぼくはそれから五日間、ほぼ寝《ね》たきりの生活を送るはめになる。

熱はなかなかさがらなかった。二日目になっても、ぼくの胃はまだかぜ薬さえ受けつけず、おまけに全身の傷が化膿《かのう》してじくじく痛みはじめた。ぼこぼこになぐられた顔も、まるでくまんばちの群れが通りすぎたあとのように腫《は》れあがっている。

それでも、三日目になるとようやく薬がのどを通るようになり、そのせいかかぜのほうは少しマシになってきた。内心じゃ抵抗《ていこう》を感じつつ、ぼくは母親のつくったおかゆも口にするようになった。結局、いざってときにはこの女の世話になるしかないのがくやしい。けっして目を合わせようとしないぼくの、ひたいにのせた冷たいタオルを、母親はまるでなにかの罪《つみ》ほろぼしのように、やけにこまめにとりかえた。

公園で野宿、というぼくの計画がいかに無謀《むぼう》であったかを、はじめて知らされたのもこの三日目だった。

あの近辺はもともと治安が悪く、中高生のグループによる恐喝《きょうかつ》や暴行事件《ぼうこうじけん》が絶《た》えないのだという。

「それくらい、おまえだって知ってんだろ」

夜の階段《かいだん》ですれちがったぼくの胸《むな》ぐらをねじりあげて、満《みつる》が言ったんだ。

「知っててあんなとこにいたってことは、わざわざやられに行ったわけか？　そんなに死にてえのかよ、おまえはよ。だったらさっさと死んじまえ。おまえがいなくなりゃ、この家もちょっとは明るくなる。ただし、今度はしくじるなよ」

そこまで言うことはないだろうと思いつつ、満のおかげで救《すく》われたぼくには返す言葉がなかった。

あの夜、いつまでたっても帰らないぼくを母親が心配して、満に「いっしょにさがして」とたのみこんだ。危険《きけん》な区域《くいき》を中心にさがしまわっていた満に発見されなかったら、ぼくはもっとひどいめにあっていたかもしれない。

四日目にはだいぶ熱もひき、少量だがふつうの食事もとれるようになった。顔の腫《は》れもだいぶひいて、代わりにぶきみな青あざが生まれつつある。

そんなぼくの復活《ふっかつ》を待っていたかのように、この日の午前中、ふたりの警官《けいかん》が事情聴取《じじょうちょうしゅ》にやってきた。母親があの夜の被害届《ひがいとどけ》を出していたのだ。ぼくは思いだせる範囲《はんい》で暴行《ぼうこう》の様子を語り、警官たちはそれをことこまかに書きとめていった。犯人《はんにん》たちについてはほとんど記憶《きおく》がないから、あまり捜査《そうさ》の役には立たないだろう。

「中学生で二万八千円のスニーカー、ねえ」

「わからんなあ」

警官たちはしきりに首をひねりながら帰っていった。

こういうおじさんたちにはわからないからこそ価値《かち》があるのだが、でも今となっちゃあの夜、ぼくがなぜあそこまでスニーカーに執着《しゅうちゃく》したのかは自分でもわからない。

五日目にはほぼ体力も回復《かいふく》して、立ったり動いたりの動作も楽にできるようになった。こうなるとぜいたくなもので、今度はベッドに横たわっているのが苦痛《くつう》になってくる。

病人暮《びょうにんぐ》らしにもすっかり飽《あ》きたぼくのもとに、はじめての見舞《みま》い客がおとずれたのは、この日の夕刻《ゆうこく》だった。


「真《まこと》、おともだちがお見舞いにみえたわよ」

ドアのむこうから母親の声がした。

と同時に、「こんにちは」と新たな声がして、がちゃりとドアが開いた。

そこからいきなり佐野唱子《さのしょうこ》が顔をだしたときは、心底、ぞっとした。

不快指数《ふかいしすう》一〇〇パーセントの天敵《てんてき》。しかも今、ぼくはよれよれのパジャマすがたで、前髪《まえがみ》にムースもつけてなく、しばらくふろにも入ってないから臭《くさ》いかもしれない。もちろん唱子《しょうこ》とやりあう気力だってない、というきわめて不利な状態《じょうたい》だった。

「ひさしぶり。元気?」

なんてへらへら笑いかけられても、なかなか笑いかえせるもんじゃない。

「元気じゃないからこうしてる」

ベッドの背《せ》にもたれたまま、ぼくは不機嫌《ふきげん》まるだしで唱子をむかえた。

「くるならくるって、電話くらいしてこいよ」

唱子は「あ」と目を広げて、

「そっか、電話か」

「文明人なんだから」

「うん。ごめん」

すなおにでられるとこまってしまう。

セーラー服の上に紺色《こんいろ》のダッフルコートをはおったまま、戸口のあたりでぶらぶらしている唱子に、ぼくはしかたなく勉強机《べんきようづくえ》の椅子《いす》を指さした。

「すわれば」

言ったとたんに後悔《こうかい》した。うん、とほっとしたように腰《こし》かけるなり、唱子はたちまちいつもの調子にもどってしまったのだ。つまり、七日しか生きられないセミのような勢《いきお》いでしゃべりだした。

「沢田《さわだ》先生にきいた。公園でおそわれたんだって？　ひどいよねー、そのあざ。痛《いた》い？　痛そう。痛いよね。すんごく痛そう！」

「はあ」

「おさいふもぬすまれたんでしょ？　たぶん西高《にしこう》の生徒たちだよ。このごろそういうの多いんだから。ちゃんと警察《けいさつ》にとどけた？」

「はあ」

「とどけなきゃだめだよ。うちのお父さんもね、五万円も入ってたおさいふ、落としたことあるの。でもね、警察にとどけたら、見つかったの！　三週間後に。すごいでしょ」

「はあ」

「そういうこともあるんだから、あきらめないで、最後まで希望を……」

「で、五万円は？」

「なくなってたけど」

「…………」

「…………」

「帰れば」

ぼくが退場《たいじょう》をうながすと、唱子は「だめ」と急にもぞもぞ体をゆすりだし、

「話はこれからだもん」

「話？」

柄《がら》になく唱子《しょうこ》が言葉をためらってうつむいた。

気づまりな沈黙《ちんもく》。のぼせそうな暖房《だんぼう》の熱。やがて唱子がすっと腰《こし》をうかし、やっぱ帰るのかな、と胸《むね》をなでおろしたのもつかの間、彼女《かのじょ》はスカートのひだを整えてすわりなおした。

「小林《こばやし》くんがおそわれた夜ね、駅の近くでともだちが、小林くん、見かけたって言うの」

ぼくははじめてまともに唱子の顔を見た。

「どこで？」

「大通りの『ミセス・ドーナツ』。小林くん、二年生の桑原《くわばら》さんといっしょだった、って」

「あ……そ」

一瞬《いっしゅん》どきっとしたものの、まあいいか、とぼくは居直《いなお》った。

「だから？」

「え」

「だからなんなわけ？」

唱子がぼくから目をそらした。

「そのともだちはね、桑原さん、タチ悪いから、小林くんがあぶないっていうの。うちの学校の男子で、桑原さんにいっぱい貢《みつ》いで、お金がなくなったら捨《す》てられちゃった人、けっこういるんだって」

「だからなんなんだよ！」

「でも！」

ぼくらは同時にさけんでいた。

「でもあたしは桑原さん、けっこう好きだから。たとえそれがほんとでも、なんかきらいになれないから、そういうこと言いにきたわけじゃないの」

ぼくはへたりとかがみこみ、ふとんにひたいをおしあてた。もうだめだ。自信がない。知れば知るほどわからなくなるひろかを、それでもまだ好きといえるのか、ぼくにはもう自信がなかった。

「あんたさ」と、ぼくは唱子に救《すく》いでも求めるように言った。「好きってあんた、ひろかのどこが好きなわけ？」

「桑原さん、よく美術部《びじゅつぶ》にくるでしょ」

唱子はおだやかなトーンで言った。

「あの子がくると、ぱっと教室が明るくなるから」

「それだけ？」

「センスあると思うの。だって桑原さん、教室うろうろしてても、上手な絵しか見ようとしないもの。きれいな花にしか止まらない蝶々《ちょうちょう》みたいに、きれいなキャンバスにしか止まろうとしない。

小林《こばやし》くんのキャンバスには、いつも一番長いこと、止まってたね」

いつもとはちがう蜜《みつ》みたいな声。

「小林くん」

「なんだよ」

「桑原《くわばら》さんが好き？」

「だとしたらなんなわけ？」

そっけなく返すと、唱子《しょうこ》の口もとがかすかにひきつった。

「いろいろ考えて、考えて……、あたし最後に思ったの。ほんとはそんなにむずかしいことじゃなくて、すごく単純《たんじゅん》なことだったのかもしれない、って」

「なにが」

「小林くんが変わったわけ。ほら、恋《こい》をすると人は変わるっていうでしょ？　もしかしたら小林くん、それだったのかも、って。桑原さんへの恋が小林くんを変えたのかもしれない。そしたらね、もしそうだとしたらあたし、もうあきらめるつもりだった。小林くんが二度ともとの小林くんにもどらなくても、きっぱりあきらめようって、覚悟《かくご》して今日は、それたしかめにきたの」

窓《まど》からの夕日が唱子の髪《かみ》を深い緋色《ひいろ》に照らしていた。

ぼくはいらだちを通りすぎ、なんだか唱子が気《き》の毒《どく》になってきた。まったくおかどちがいのことをとことん真剣《しんけん》に語る彼女《かのじょ》は、自分にしか見えない『もと小林真《まこと》』って亡霊《ぼうれい》にとりつかれているようでもある。

「あのさあ」

ぼくはのそっと起きあがり、ベッドのふちに腰《こし》かけた。

「そこまで言うならきくけど、おれはいったいどんなふうに変わったわけ？　あんたの言うもとの小林真ってのは、どんなやつだったんだ？」

「あたしの知ってる小林真くんは、いつも一番、深いところを見つめてた」

唱子は夢見《ゆめみ》るようにうっとりとほほえんだ。

「うるさい教室でも、ほこりっぽいグランドでも、子どもみたいにさわぐ男子たちのそばでも、小林くんだけはいつも静かに、世界のうんと深いところを見つめてた。だれにも見えないものが、小林くんのひとみにだけは映《うつ》ってたの。小林くんのキャンバスを見れば一目でわかった。おぼえてない？　小林真はそういう男の子だったんだよ。幼稚《ようち》で下品な男子たちとはぜんぜんちがう、純粋《じゅんすい》で透明《とうめい》な男の子。この世の悲しみをぜんぶひとりで受けとめて、その重さにいつも苦しんでた」

唱子の視線《しせん》は完璧《かんぺき》に四次元のほうをむいている。今にも背後《はいご》で花が舞《ま》い、どこからかカナリアのさえずりがきこえてきそうだった。

「ポエムだなあ」と、ぼくはうなった。「まさにメルヘンの世界だ」

脇腹《わきばら》のあたりがむずがゆくなって、なぜだか怒《いか》りがこみあげてきた。

「なによ、それ。ふざけてるの？」

「ふざけてるのはあんたのほうだよ。あんたの言うような中学生は、この世に存在《そんざい》しない」

「……どういう意味？」

「そのまんまの意味だよ。あんたには悪いけど、小林真《こばやしまこと》はもともとふつうの男だったんだ。純粋でも透明でもない、ふつうの中学生。もちろんメルヘンの世界なんかじゃなくて、ここ、あんたらとおなじこのめちゃくちゃな世界に生きていた。なのに、あんたをふくめて、みんながいろいろ決めつけるから……、極端《きょくたん》に美化したり、変わり者だって決めつけたりするから、あいつはきっと身動きがとれなくなっちゃったんだよ。それだけ。ほんとはちょっと内気なだけの、ふつうの男だったんだ。つまんないことで悩《なや》んだり、やさしくしてくれる女がいると舞《ま》いあがってすぐ恋《こい》に落ちちゃったりする、あほらしいほどふつうの男だったんだよ」

「うそっ。小林くん、てれてるんでしょ。だから他人事《ひとごと》みたいに言ってごまかしてる！」

いきりたつ唱子《しょうこ》に、

「じゃあ、見ろよっ」

ぼくはベッドの下から動かぬ証拠《しょうこ》をとりだした。

「なにそれ」

「シークレットブーツだよ。前に通販《つうはん》で買ったんだ。ちょっとでも背《せ》が高く見えればって、わらにもすがる思いで買ったんだよ。そういうなさけないやつなんだ、小林真はさ。身長ごときでうじうじ悩んでるふつうの十四歳《さい》なんだよ。それでもまだ信じられないなら、その机《つくえ》の一番下のひきだし、開けてみな」

唱子はそろそろと引きだしを開け、きゃっと飛びのいた。

「なにこれ」

「見りゃわかるだろ、エロ本だよ。年ごろの男ならだれでも持ってる実用書だ。真にもひとなみの性欲《せいよく》はあったし、夜になりゃそれなりにやることはやってた。こんなふうに……」

ぼくはひとみをぎらつかせて唱子にすりよった。

「こんなふうに女とふたりきりになれば、下心も起こるし、むらむらもする」

唱子の浅黒いのどもとがぴくんとふるえた。

「うそっ。小林くんはそんなこと考えたりしない！　悪ぶってるだけでしょ。わざとそんなこと言っておどしてるだけでしょ」

「じゃあ、ためしてみる？」

今にも泣きそうな顔で反論《はんろん》する唱子を見てたら、本気でむらむらしてきた。ぼくは唱子の華奢《きゃしゃ》な肩《かた》に手をかけた。

「な、ためしてみよっか」

「やめて、小林くん、目を覚まして！」

「覚めてるよ、もうばっちりだよ」

「かぜが悪くなるから」

「うつしてやるよ」

ひろかのそれよりもひとまわり小さな、桜色《さくらいろ》のくちびる。そこまでやる気はなかったのに、ぼくは勢《いきお》いあまって自分のくちびるをおしあてようとした。

「やーっ！」

唱子《しょうこ》がもがいて椅子《いす》からずりおちる。

その絶叫《ぜっきょう》で、われに返った。

「どうしたの？」

最悪のタイミングで戸口から母親が顔をだし、同時に唱子が逃《に》げだした。一目散《いちもくさん》に部屋から走り去り、その足音もまたたくまに階下へと消えていく。

いきなりしんとなった室内には、ぼくと、紅茶《こうちゃ》のトレーをかかえた母親だけが残された。

ぼくはうつろに室内を見まわし、最後に母親で目を止めた。

「ゴキブリがでた。こまったことだ」

おろおろしている母親に季節外れの言いわけをして、ベッドにどさっとしずみこむ。

ベッドの下が海ならなあ、とそぼくに願った。

このままどこまでもどこまでもしずんでいけたらいい。

「あほう」

やがて母親が去るなり、プラプラがあらわれて、ぼくの頭をはたいた。

「少女の夢《ゆめ》をこわしてどうする」

一言《いちごん》もなかった。

「ヒントだけでも教えてくれないかな」と、ぼくはしょんぼり問いかけた。「ぼくが前世《ぜんせ》でおかしたあやまちって、レイプとか愛憎殺人《あいぞうさつじん》とか、その手の色恋《いろこい》もの?」

「ブブーッ」

プラプラは両手で大きなバツ印を象《かたど》って、消えた。


佐野《さの》唱子をめぐる自問自答。

ぼくは唱子の夢をこわすべきじゃなかったのだろうか?

ワカラナイ。

唱子の夢見る小林真《こばやしまこと》でも演《えん》じてやればよかったのか?

ソレハデキナイ。

それにしても、なんだって唱子はあそこまで強引に真を美化しちまったんだろう?

恋ハ盲目《もうもく》。

恋? 唱子は真に恋をしてたのか? 真の眼中《がんちゅう》にもなかった佐野唱子が?

いや、たとえそうであったとしても、唱子が恋してたのは極限《きょくげん》まで美化された小林真だ。現実《げんじつ》の小林真《こばやしまこと》をムシした、架空《かくう》の、ひとりよがりの恋。どのみち唱子《しょうこ》だっていつかは知ったはずだ。そんなに美しい十四歳《さい》なんてどこにも存在《そんざい》しないこと。

それでもみんな、美しくなくても、みじめでも、小汚《こぎた》なくても、せっせと生きてるんだけど……。

唱子が去ったあとの暗い室内。ベッドの上でぼくがもんもんと考えていたそのころ、じつはおなじ屋根の下にもうひとり、なにやらもんもんと考えている人物がいた。じきに考えつかれて寝《ね》てしまったぼくとはちがい、その人は徹底的《てっていてき》に考えぬいたあげく、その考えをなんとか文章にまとめようとした。そこでびんせんを用意し、ボールペンを走らせはじめたのだった。

書きだしは、こんなふうだった。

『さんざん考えた末、手紙という形であなたに思いを伝えることにしました。私の口から話そうとしても、あなたはきっと、耳をふさいでしまうから』

なぜぼくが内容《ないよう》まで知っているのかというと、その手紙はぼく宛《あて》のものだったからだ。

その夜、少し遅《おそ》めの夕食を運んできた母親が、深刻《しんこく》な面持《おもも》ちでぼくに手渡《てわた》していった。「もしかしたら、あなたはこれを読むべきじゃないのかもしれない」との解説《かいせつ》つきで。

「母親は息子にこんなことを語るべきじゃないのかもしれない。でも、今さら母親失格《しっかく》もないわよね。読むか読まないかは真が決めて。読みたくなかったら、捨《す》てるなり燃《も》やすなり、好きにしてちょうだい」

「ビンにつめて海に流してもいいかな」

「あなたの好きに」

ぼくがそれ以上のひにくを言えなかったのは、このときの彼女《かのじょ》がいつものおどおどした感じではなく、どこか凛《りん》とした、腹《はら》のすわった目つきをしていたからだ。

母親が部屋を出るなり、ぼくはその封筒《ふうとう》を鼻先に当ててみた。

におう。なにかただならぬにおいがする。

母親の、秘密《ひみつ》のにおいだ。

どぎまぎしながら封を開けると、びんせん八枚《まい》にもおよぶ長い手紙があらわれた。

冒頭《ぼうとう》の続きは、こんなふうだった。

8

〈……でも、本当はもっと早く、何としてでもあなたに気持ちを伝えるべきだったのよね。勇気が出なかったり、あなたを刺激《しげき》することを恐《おそ》れたりして、ずるずると今日まで来てしまいました。

実はさっきね、私、真とあの女の子の話をきいてしまったの。お茶を運んで行ったら、とびらの向こうからあなたの声がきこえてきた。家ではほとんど口を開こうとしないあなたが、あの女の子には大声で自分の思いをぶつけていた。お母さん、動けなくなってしまったわ。ごめんね、盗《ぬす》みぎきをしてしまって。

驚《おどろ》いたのは、真《まこと》が話をしていたからというだけではありません。小林《こばやし》真は普通《ふつう》の男なのだと、あなたは何度も繰《く》りかえし訴《うった》えていましたね。普通の十四歳《さい》なのだと、同年の彼女には少々具体的すぎる例まで上げながら。

彼女もショックだったでしょうが、お母さんもショックだったわ。真の声をきいているうちに、私は結局あなたのことを何一つわかっていなかったのかもしれない、と思えてきて……。もしかしたら私も、自分で勝手につくった型《かた》の中に真を押《お》しこめようとしてきたのかもしれない。無意《むい》識《しき》のうちに真の手足を縛《しば》っていたのかもしれない、と。

小さい頃《ころ》から、あなたは本当にマイペースで、自分だけの確固《かつこ》たる世界を持っていたようでした。引っこみ思案《じあん》で、外に向かっていく力が弱い分、内なる世界は常《つね》に豊《ゆた》かに潤《うるお》っているように見えました。特にお絵かきは本当に上手で、幼稚園《ようちえん》の頃から先生方にほめられていたのよ。

あなたの絵が県や市の児童絵画コンクールなどに入賞《にゆうしよう》しはじめ、近所の評判《ひようばん》になっていくにつれて、この子はもしかして普通《ふつう》の子とは違《ちが》うのかもしれない、との思いが私の中に芽生えていったことは認《みと》めます。あなたにはそれが重圧《じゆうあつ》だったのかもしれないけれど、私には大きな喜《よろこ》びでした。

優越感《ゆうえつかん》、という言葉におきかえるべきかもしれません。「この子がお絵かきの上手な真くん？」「将来が楽しみねえ」などと近所の方たちに声をかけられるたびに、たとえそれがお世辞であるとわかっていても、私は満ちたりた思いで頬《ほお》をゆるめました。そうよ、うちの次男はあなた方の子とは違うのよ、と心の中で呟《つぶや》きながら。

なぜならあなたは、私の人生における、たった一つの非凡《ひぼん》だったから。

こんな話、あなたには興味《きょうみ》がないかもしれないわね。でも、きいてちょうだい。あなたとは違って私は小さい頃から本当に平凡《へいぼん》な、何の取《と》り柄《え》もない女の子だったの。サラリーマンの父と主婦《しゅふ》の母のもとに生まれ、平和な家庭でのんびりと育ち、特に反抗期《はんこうき》もないまま義務教育《ぎむきょういく》を終了《しゅうりょう》。そのままぼんやり年を取って、なんとなく就職《しゅうしょく》して、気がつくと結婚《けっこん》して二児の母になっていた。

まさに平凡を絵に描《か》いたような人生。でも、だからこそその分、私は心の奥底《おくそこ》でずっと非凡な何かを求めていたのかもしれません。学校や職場《しょくば》にいた特別な人たち……スポーツができたり、何か特技《とくぎ》を持っていたりする人たちがいつも羨《うらや》ましかった。私にもそんな何かがあればいいのに、と。いや、本当はきっとあるはずなのに、と。

絵の才があるあなたという息子を持てたことは、私に少しばかりの自信を与《あた》えてくれました。息子のあなたが特別なのだから、母親の自分も何かがあるにちがいないと思えてきたのです。

あなたが小学校に上がる少し前あたりから、私が近所の水墨画《すいぼくが》教室に通いだしたのをおぼえていますか？

漠然《ばくぜん》とした、目に見えない何かを本格的《ほんかくてき》に求め始めたのはあの頃からです。

私はただの主婦ではなく、ただの母でもなく、もう一人の、私自身も出会ったことのない、まったく別の自分を探《さが》してみたかった。

　残念ながら私にはあなたほどの絵心もなく、水墨画《すいぼくが》教室は長続きしませんでしたが、最初の一歩を踏《ふ》みだしたとたんに弾《はず》みがついて、その後も香道《こうどう》、フラダンス教室、やさしい長唄《ながうた》、ソムリエ養成講座《ようせいこうざ》、コーヒー占《うらな》い入門、似顔絵塾《にがおえじゅく》、『仏像《ぶつぞう》を彫《ほ》る』初級編《しょきゅうへん》、超能力開発《ちょうのうりょくかいはつ》セミナー、足つぼ健康法、ミセス田中《たなか》のエンジョイクッキング、初めてのパントマイム、アラビア語で楽しむ『アラビアンナイト』、あけびで花籠《はなかご》を編《あ》む、江戸芸かっぽれ踊《おど》り……等、様々な習い事に挑戦《ちょうせん》していったのです。

　わかるかしら。これは私の挑戦の歴史《れきし》であると同時に、挫折《ざせつ》の歴史でもあるのよ。何をやっても私は不器用で、人より劣《おと》っている気がして仕方なく、すぐにまた新しい教室を探しはじめる。そんなことの繰《く》り返《かえ》しでした。

　お父さんは、習い事を始めてからお母さんが生き生きしていると、それだけで喜《よろこ》んでくれましたが、私は必死だったのよ。何も得《え》られないままに老いていく不安と戦いながら、今度こそ、今度こそ私に適《てき》した何かと巡《めぐ》りあえるはずと、すがるような思いで探《さが》していたのです。

　それでも何も見つからないまま、無情《むじょう》にも年月だけが流れていきました。

　以前、フラダンス教室で知りあった相沢《あいざわ》さんから、一緒《いっしょ》にフラメンコ教室へ通わないかと誘《さそ》いを受けたのは、一昨年、私が三十九歳《さい》になった年でした。七年間、求めて、求めて、懸命《けんめい》にもがきつづけた挙《あ》げ句《く》、私はようやく自分自身に見切りをつけようとしていたのです。もう遅《おそ》い。もう疲《つか》れた。結局、私は平凡《へいぼん》な主婦《しゅふ》としてこれからも生きて死んでいくのだろう、と……。

当時は不眠症《ふみんしょう》にまで悩《なや》まされたほど、その事実を受け入れるのは辛《つら》いことでした。でも、そこにきて初めて私は、何の気負いもなく、ただ自分が楽しむためだけにフラメンコ教室に通うことができたのです。

楽しかった。何かを習ってあんなに楽しかったのは初めてだったわ。あの陽気なリズムに乗って体を動かしていると、七年間の鬱屈《うっくつ》から一気に解《と》き放《はな》たれていく思いがしました。自分自身に失望していた私を、フラメンコは励《はげ》まし、鼓舞《こぶ》して、生きていく活力を与《あた》えてくれた。私が家の中で沈《しず》みこんでいる時、それでも外に出れば灼熱《しゃくねつ》の太陽が輝《かがや》いているのだと教えてくれたのです。

勘《かん》の鋭《するど》いあなたはもう気づいたかもしれないけれど、フラメンコとはすなわち、講師《こうし》の先生のことでもあります。

弁解《べんかい》がしたいわけではありません。

私がフラメンコに通うことになった過程《かてい》と、その後の先生との関係はまったくの別事《べつじ》です。私は母親として、その後者をあなたに話すわけにはいかないけれど、あなたを傷《きず》つけた罪《つみ》の意識《いしき》は永遠《えいえん》にわすれず背負《せお》い続けていくつもりです。どんな理由があろうと、私はあんなことをすべきではなかったし、それ以上に、あなたをあんなことで苦しめるべきではなかった。

謝《あやま》ってすむことではないけれど、本当にごめんなさい。

それと同様に悔《く》やまれるのは、この七年間、あなたが日々成長していく一番大切な時期に、自分のことばかりにかまけていて、あなたの、普通《ふつう》の少年としての悩みに気づけなかったこと……。

今、こうして自分のスクール遍歴《へんれき》をふりかえりながら、もっと身近にやるべきことはあったはずなのにと痛感《つうかん》しています。

と同時に、ほんの少しだけあなたに、何も持って生まれなかった人間の悲しみを知ってほしかった。何かを持って生まれた素晴《すば》らしさを感じてほしかったの。親馬鹿のようだけど、あなたはあなたの非凡《ひぼん》さに、もう少し誇《ほこ》りを持ってもいいように思います。絵だけに限《かぎ》らず、あなたの内面の豊《ゆた》かさや、鋭すぎるほどの感受性《かんじゅせい》に関しても。

だって私はこの十四年間、ずっとあなたを誇《ほこ》りにしてきたのだから。

あなたの自殺未遂《じさつみすいい》以降《こう》、先生とはすぐに別れて、フラメンコ教室も止《や》めました。今の私は、平《へい》凡《ぼん》な主婦《しゅふ》として、母として、あなたと共に生きていく道だけを探《さが》し求《もと》めています。

もう遅《おそ》い、放っておいてほしい、とあなたは背《せ》を向けるかもしれない。この手紙も丸めてゴミ箱に捨《す》ててしまうかもしれない。それも覚悟《かくご》の上で、あなたがあの女の子に心を打ちあけたように、私に対しても、非難《ひなん》でも、怒《いか》りでも、憎《にく》しみでも、何でもいいからぶつけてほしい、との願いを込《こ》めてこの手紙を書きました。

あなたをいつまでも待っています。

最後に。私は、あなたの中にある普通の部分も、非凡な部分も、どちらも心から愛しています。

母より〉

ほんとうに長い手紙だった。

が、しかし長いわりに肝心《かんじん》のフラメンコ講師《こうし》との部分はぼかされたままで、これじゃ完全に正直な告白《こくはく》とはいえない。勝手ないいわけをおしつけられてるだけの気もするし、あれこれ書いてるけどほんとは反省なんかしてないんじゃないの、って感じがしないでもない。

おい、真《まこと》。おまえ、こんなんで満足か？

うつむいて腹《はら》のあたりにたずねても、真の体は返事をしなかった。もう遅い。母親が思っている以上に、なにもかもがもうとりかえしのつかないほど、遅いんだ……。

ぼくはくやしく真のくちびるをかみしめた。

表面の薄皮《うすかわ》がはがれて、真の血の味がした。

真の手は母親の手紙をゴミ箱に捨てようとはしなかったから、ぼくはそいつを机《つくえ》のひきだしの奥《おく》に残した。

それでもいらだちはおさまらない。

「つまり、こういうこと？」

二時間後、夕飯の食器をさげにきた母親の顔を見るなり、ぼくはとっさに口走っていた。とっさに出てくる言葉というのは、ぼくの場合、ろくなもんじゃない。

「つまりあんたは、非凡《ひぼん》ななにかを求めて、求めて、求めて、結局、不倫《ふりん》する人妻《ひとづま》っていう平凡《へいぼん》な非凡さに落ちついたわけ?」

母親は軽くまぶたを閉《と》じて考え、やがて言った。

「その役割《やくわり》ももう終わって、今は母親って役割をもういちど見つめなおしているつもりよ」

「母親。平凡中の平凡だな」

「平凡な毎日のなかにも非凡なよろこびや悲しみは生まれる。あなたはそのどちらもお母さんに味わわせてくれたわ。いちど死んだ真《まこと》が病院で息を吹《ふ》きかえしたとき、ほんとうにうれしかった。お医者さまや看護師《かんごし》さんたちにいくら感謝《かんしゃ》してもたりないほど。半狂乱《はんきょうらん》だったお母さんを支《ささ》えてくれたお父さんにも、心から感謝してるわ」

なみだぐむ母親に、「へえ」とぼくは水をさした。

「あの利己的《りこてき》な男に?」

「利己的?」

「とぼけるなよ。あいつのエゴにいやけがさして不倫《ふりん》に走ったんだろ? 中身は陰湿《いんしつ》な、外面《そとづら》だけの偽善者《ぎぜんしゃ》。そんなあいつがいやで、まったく正反対のラテン系《けい》男を選んだんじゃないのか?」

「ちょっと待って、どういうこと?」

母親はかいもく見当がつかないといった調子で、

「お父さんは利己的でも偽善者でもないわ。いい人よ。ときどきじれったくなるほどいい人だわ」

むきになって反論《はんろん》されても、まともに受ける気にはなれなかった。

「もういいよ。結局あんたの正直な告白《こくはく》ってのは、その程度《ていど》なんだ」

ぼくは戸口をあごでしゃくった。

「もう行ってくんない？」

「待って、真。誤解《ごかい》だわ。話をさせて」

「頭が痛《いた》いんだ」

「でも……」

「あんたとしゃべってると熱があがるんだ」

そこまで言っても母親は去らず、まるでこの世に未練を残した亡霊《ぼうれい》のように立ちつくしていたけど、ぼくがせなかをむけてふとんにもぐりこむと、ようやく彼女《かのじょ》の足音も遠ざかって、消えた。

長い長い一日の閉幕《へいまく》。

この世は、疲《つか》れる。

9

翌週《よくしゅう》の月曜日から、ぼくはまた学校に通いはじめた。かぜは完治したものの、まだ顔にはあざが残っていて、おまけに例の新品を奪《うば》われたぼくは、また真《まこと》のださいスニーカーで通学しなきゃならない。そのゆううつさは二カ月ほど前、プラプラにつれられてはじめて学校にでむいたときと似《に》たようなものだった。

ただし、意外にもクラスメイトたちの反応《はんのう》は少しちがった。初登校のときはだれもぼくに近よろうとしなかったのに、今回は「ひさしぶり」「もういいの?」などといくつか声をかけられた。いまだに身重《みおも》の異星人《いせいじん》でも見るような目をむけるやつもいるけど、教室をくるりと見まわしても、そうした好奇《こうき》の視線《しせん》はへりつつあるようだ。その一番の理由は、みんながぼくに飽《あ》きて興味《きょうみ》をなくしたってことだろう。

「なんか、こう、話しやすくなったんだよな」

二番めの理由については、早乙女《さおとめ》くんが教えてくれた。

「前はこう、なんつーか、すげえかまえちゃってる感じだったけど、今はもっとラクに見えるっていうかさ」

それはぼくが本物の小林真《こばやしまこと》ではなく、期間限定《きかんげんてい》の小林真だからこそのお気軽さなのだが、もちろんそんなこと早乙女くんには言えない。

早乙女くんは以前、ぼくにスニーカーの値段《ねだん》をきいてきたクラスメイトだ。三年A組のなかでは(唱子《しょうこ》は例外として)もっとも気さくに声をかけてくれる相手でもある。長めのくせっ毛をうしろになでつけた髪型《かみがた》がいまいち冴《さ》えないのがナンだけど、このやさしげな名字からして、なかなか見どころがありそうだとは前から思っていた。

「スニーカー、やられたんだって？」

この月曜日も、早乙女くんはわざわざぼくの席まで声をかけにきてくれた。

「うん。参ったよ。気に入ってたのにさ」

「そりゃそうだよな。あんな高いスニーカー、ひでえよな。おれ、集団《しゅうだん》でなんかやるやつらって大きらいだよ」

「だよなー。おれも」

「群れてばっかいねえで、ひとりでかかってこいよな」

「だよなー。ひとりでも負けてたと思うけど」

「………」

「………」

「駅の近くにある『ごめんそうろう』って靴屋《くつや》、知ってるか？」

へんな間《ま》のあと、早乙女くんは宝《たから》のかくし場所でも教えるように目を光らせた。

「ごめんそうろう？　知らないけど」

「超穴場《ちょうあなば》なんだよ。ふつうは八千円とかする靴、二千円くらいで売ってんの」

「へえ」

たしかに安い。それくらいなら真の貯金《ちょきん》を使いはたしたぼくにでも買えそうだ。

「行ってみる？」

「うん」

ということで、翌日《よくじつ》の放課後、ぼくらはさっそくバスでその靴屋をめざした。

大通りから外れたせまい路地にあるその店は、小さいながらも膨大《ぼうだい》な品数をそろえていて、学校帰りの高校生や大学生たちでにぎわっていた。

「この店は、入るときに『ごめんそうろう』って言わなきゃいけないんだよ」と早乙女《さおとめ》くんが言うから、ぼくがそうしたら、店にいた全員に笑われた。

靴の値段はたしかに他店よりもずっと安い。ぼくはさんざん迷《まよ》ったすえ、白地に緑のラインが入った二千百八十円のスニーカーを買った。正価《せいか》は五千六百円。前の二万八千円にくらべれば落ちるけど、「五メートルはなれればプレミアものそっくり」と早乙女くんが言うし、それになにより、このスニーカーはほかのよりも靴底が一センチほど厚《あつ》かったのだ。

「そんなんで決めんの？　たった一センチだぜ」

のっぽの店員は笑ったけど、早乙女くんは笑わなかった。ぼくには貴重《きちょう》な一センチだ。

その帰り、ぼくがお礼がてら早乙女くんにコンビニのからあげをおごると、早乙女くんはそのお礼に肉まんをおごってくれて、腹《はら》いっぱいの満たされた気分で帰宅《きたく》したこの日をさかいに、ぼくらはぐんと親しくなった。

「早乙女くんさ、その頭、ムースで分け目つくったほうがいいよ」

とぼくがアドバイスすれば、

「おれも前から言おうと思ってたんだけど、その前髪《まえがみ》、ムースつけすぎじゃない？」

と早乙女くんもアドバイスしてくれる、気のおけない間柄《あいだがら》だ。

それだけ髪型《かみがた》を気にしていても、クラス全体から見れば、ぼくらはふたりとも、確実《かくじつ》に、イケてないほうの組に属《ぞく》するわけだけど、それでも、ぼくはもうみじめではなかった。

みじめというのは、昼休みをひとりですごしたり、移動教室《いどうきょうしつ》までひとりで歩かなければならないことをいう。

となりにだれかがいるというのは、ふりむくたびにじんとなるほど、いちいち、うれしいことだった。

さらにうれしかったのは、早乙女くんの成績《せいせき》がぼくとどっこいどっこいだった、という点だ。美術部命《びじゅつぶいのち》の真《まこと》と同様、早乙女くんも夏休み前までは卓球部命《たっきゅうぶいのち》の日々を送っていたようで、塾《じゅく》にも通ったことがないという。しかも、両親からは「金がもったいないから公立へ行け」と言われてるらしい。金がないのではなく、もったいない、というところが真の両親にくらべるとよゆうだが、公立合格《ごうかく》を期待されてる点で、ぼくらへのプレッシャーは同等だった。

そんなこんなで、ぼくらはなりゆき上、いっしょに勉強することになったわけだ。ふたりして放課後の図書室に残ったり、早乙女くんの家まで勉強しに行ったり。ここにきてようやく受験生らしい毎日がはじまった。

公立高校入試まであと三カ月ちょっと。

今さらあがいても遅《おそ》いかもしれない、とは思う。たぶん、もう遅い。でもぼくの場合、という
か小林真《こばやしまこと》の場合、そんなことを言いはじめたらきりがないくらい、すべてが根本的に、徹底的《てっていてき》に
遅すぎるのである。

考えてみると、真にかぎらず、この世にはもう遅すぎることや、とりかえしのつかないことば
かりがあふれているのかもしれない。

とりかえしのつかないスニーカー。

とりかえしのつかない母親の不倫《ふりん》。

とりかえしのつかないひろかの体。

とりかえしのつかない唱子《しょうこ》の夢《ゆめ》。

そして、とりかえしのつかないぼくの前世《ぜんせ》――。

「五千年早く生まれてればなあ」

ある日、歴史《れきし》の勉強中に早乙女《さおとめ》くんがつぶやいた。

「石を道具にしたり、みんなで家を建てたり、自分で狩《か》ったけものをまだ心臓《しんぞう》の熱いうちに食っ
たり、さ。おれ、そういう時代にひと旗あげたかったよ」

そんな気持ちは、よくわかった。

こうしてぼくの学校生活が明るくなってきた一方、ステイ先ではいつもの暗い日々が続いていた。例の手紙によってぼくと母親の関係が変わったかというと、そんなことはぜんぜんなく、父親はあいかわらず残業ばかりで影《かげ》がうすいし、やっかいなことに満《みつる》はぼくをムシするよりもいやみを言うほうに生きがいを感じはじめたようだ。

「やっと勉強、はじめたんだって？」

「勝手に入るなよ」

かぜがなおって二週間ほどしたその夜も、満はいやみたっぷりにぼくの部屋をのぞきにきた。

一瞬《いっしゅん》、プラプラかと思ってふりむいたぼくは、満のにやけた顔を見てすぐにまたせなかをむけた。

「おおっ、ほんとに勉強してるよ」

満はぼくの抗議《こうぎ》など気にもとめず、

「すげえなあ。なんつーか、めったに見られない貴重《きちょう》な光景だなあ。写真とってもいいか？」

「好きにしろよ」

「うそだよ、ばか、いらねえよ、おまえの写真なんか。それよりおまえ、だいじょうぶなのかよ。内申《ないしん》そうとう悪いんだって？　今さら悪あがきしたってむだなんじゃねえの？」

「九〇パーセント、むだだな」

しつこくからんでくる満に、ぼくは自信をもって断言《だんげん》した。

「でも、そういう問題じゃないんだ」

「じゃあどういう問題だよ」

「あんたには関係ない」

「あいかわらず自閉的《じへいてき》なやつだなあ。しかもおまえは昔から融通《ゆうずう》がきかない。走りだしたら歯止めがきかない猪《いのしし》タイプだ。毎晩《まいばん》、三時や四時まで電気つけてんだって?」

事実だったが、ぼくは返事をしなかった。ぜんぜんちがうことを考えていたからだ。

そういえば、このごろプラプラの顔を見てないなあ、と……。

「ま、おれはどうでもいいけどさ、おふくろがおまえの猪ぶりを心配してるぜ。公立受験してくれってたのんだせいで、おまえが追いつめられて発狂《はっきょう》でもしたと思ってるらしい。おまえはあほだ。なれないことをとつぜんはじめると、加減《かげん》がわからなくて極端《きょくたん》なことになる。ほどほどにしろ。そのひどい顔色でこれ以上、わが家の空気をよどませるのはやめてくれ」

相手にせず単語帳をめくり続けるぼくに、満《みつる》は「それから」と言いそえた。

「おまえさ、ちょっとはおふくろにやさしくしてやれよ。最近、やけにつっかかるだろ。おふくろだって参ってんだから」

「やさしくはできない」

「なに?」

「でも、迷惑《めいわく》もかけられない。もし公立すべったら、おれ、私立《しりつ》行かないで浪人《ろうにん》するから」

「ばかか、おまえ。高校浪人なんているかよ、この時代」

たしかにばかげているだろう。が、ぼくは大まじめだった。

「いいんだ、どうせぼくは時代外れの魂《たましい》なんだから」

「は？」

「もともとぼくには二十一世紀なんてむいてないいんだよ」

「はあ。じゃあいつの時代ならむいてるわけ？」

「縄文《じょうもん》時代」

「そこまでさかのぼるか」

満はぷっとふきだした。

「縄文時代の魂が、二万八千円のスニーカーぬすまれて泣くかよ、あほ」

「う……うるせえ！　縄文時代の人間が、埴輪《はにわ》ぬすまれて泣くのといっしょだ。流行《はや》りのマークが入った、レアな埴輪なんだ」

「埴輪は大和《やまと》時代からだ、縄文時代にはまだない。やっぱおまえ、いちど死んで生まれかわったほうがいいな」

「先に死ね」

ぼくが投げつけた単語帳をひょいとかわして、げらげら笑いながら退散《たいさん》していった満は、その後、おせっかいなことにぼくの浪人宣言《せんげん》を両親に伝えてしまったらしい。

翌朝《よくあさ》、さっそく母親に泣きつかれた。

「お願い、真《まこと》。この前の話はもうわすれて。お金のことならなんとでもなるから、心配しないで、私立《しりつ》の単願《たんがん》にしてちょうだい」

しかし、ぼくはうんと言わなかった。そんなにころころ要求を変えられてもこまるし、第一、ぼくにはぼくなりの考えがある。

つまりはこういうことだ。

ぼくのホームステイには一年間という期限《きげん》があるとプラプラが言っていた。今の時点ですでにそのうちの三カ月近くが経過《けいか》している。高校入学はさらに四カ月後。となると、たとえどんな高校に入っても、ぼくはたったの五カ月間しか通学しない計算になるのである。公立ならまだしも、高い入学金を払《はら》って私立に入るなんて、ばからしい。

という整然とした理由があるのだが、こまったことに、これはぼく以外の相手には説明しようのない理由なのだった。「ぼくの命はあと九カ月で……」なんて話したところで、だれも真《ま》に受けちゃくれないだろう。となると、ぼくは無言でひたすら勉強して、なんとか公立にすべりこむしか道はない。

実際《じっさい》、ぼくは無言でひたすら勉強を続けていた。

勉強は、ただたんにつまらないというだけで、マラソンやサッカーなんかにくらべればぜんぜんつらくはなかった。寝不足《ねぶそく》続きで体はきつくても、公園でおそわれたあの夜の痛《いた》みを思えばなんてことなかった。

ただひとつだけつらかったのは、受験勉強をはじめてから、好きな絵を描《か》く時間がなくなってしまったこと。

勉強のせいだけとはいえない。ぼくが美術部《びじゅつぶ》に顔をださなくなっていたのは、ひろかや唱子《しょうこ》を避《さ》けていたためでもある。

ひろかのことはずっと気になってたし、けっして会いたくないわけじゃなかったけど、一体どんな顔で会えばいいのかわからずにいた。また彼女《かのじょ》の一挙一動にふりまわされるのかと思うと気も重い。近ごろは校内でひろかを見かけても前ほどの動揺《どうよう》やときめきはなくなってきたし、このまま静かになにかが終わっていくのなら、ぼくはもうそれでいいと思っていた。

一方、おなじクラスの唱子とは毎日会っていたけど、こっちもこっちであの日以来、気まずい関係が続いていた。あれだけしつこかった唱子がまったくぼくに近よらなくなり（当然か）、目が合えば即座《そくざ》にそらしてしまう。やっぱり唱子が好きだったのは、美化しまくった架空《かくう》の小林真《こばやし》だったってこと、か。その理想像《りそうぞう》をぶちこわしたぼくとしては、少々気がとがめて、できるだけ彼女と顔を合わせないように努めていた。

そうしてぼくは油絵の世界から遠ざかり、例の青い絵も描きかけのまま、受験勉強の世界へとワープしたわけだ。

が、それは自分で感じていた以上に味けない生活だったようだ。

漢字や数字ばかりに追われた色のない毎日は、ぼくを少しずつモノクロの、うつろな気分にさせていった。

「今度の日曜、ひさびさにゆっくりできそうなんだ。川釣《かわづ》りにでも行こうと思ってるんだが、どうだ、真《まこと》もこないか？　釣《つ》りに興味《きょうみ》がないなら、真はそばでスケッチでもしてればいい」

十二月に入ったある朝、父親からの誘《さそ》いをとっさにこばめなかったのも、そんな無味《むみ》無臭《むしゅう》の日々を送っていたせいかもしれない。スケッチ、のひと声にびびっと反応《はんのう》してしまった。

「穴場《あなば》の、いい清流があるんだ。空気もいいし、景色もみごとだし、きっといい絵が描けるぞ」

前から風景画を描いてみたかったぼくを、父親はたくみにくすぐった。

「でもおれ、試験前だし」

それでもぼくは意地でそっぽをむきつづけたのだが、

「まあまあ、ときには気分転換《きぶんてんかん》もいいじゃないか。勉強でも仕事でも、気分転換のあとには能率《のうりつ》があがるもんだぞ。な、ちょっと行ってみよう。車でそんなにかからないし、ドライブがてらにさ。冬の清流ってのがまた、ぱりっとしてていいんだよ。よし、じゃあ出発は日曜の早朝だ」

という調子で、まだはっきり返事もしないうちに、いつの間にか決定事項《けっていじこう》になってしまった。

なんだかまんまとはめられた気がする。油断《ゆだん》も隙《すき》もあったもんじゃない。ぼくは釈然《しゃくぜん》としない思いでむすっと家をでて、学校にむかった。

その帰り、もはや残り少ないこづかいをはたいて、スケッチブックを買った。

10

十二月六日。日曜日。早朝六時半。

曙色《あけぼのいろ》に光りはじめたカーテンを開いて窓《まど》を開けると、空はまさに青一色のキャンバスのようだった。まだなにも描《か》かれていない下地の青。遠く見える団地《だんち》の上を、かすかに、極細《ごくぼそ》の筆でも走らせたような雲がたなびいているだけ。

快晴《かいせい》だな、とぼくは複雑《ふくざつ》な思いで白い息を吐《は》きだした。これで雨天中止の可能性《かのうせい》は消えた。よろこぶ父親の顔を想像《そうぞう》するとしゃくにさわる反面、こうしていそいそと早起きしている自分がいる。

七時半の出発にはまだよゆうがあった。早々に仕度をすませたぼくは、部屋にもどってカーテンを閉《し》めたり、開けたり、新品のスケッチブックを開いたり、閉《と》じたり……、みょうにそわそわと落ちつかない。

ついにベッドのふちにすわりこんで天井をあおいだ。

「あのさ、プラプラ」

小声でささやいても返事はなかった。

「ちょっと相談があるんだけど」

返事はない。

「今日の前髪《まえがみ》、決まってる?」

いくら呼《よ》びかけても、プラプラはいっこうにすがたをあらわそうとしない。考えてみると、これでもう三週間以上も顔を見てないことになる。

おい、プラプラ。仕事さぼってどこをぶらぶらしてるんだ?

それとも、もうガイドの役目は終わったってことか?

最近じゃプラプラの代わりに早乙女《さおとめ》くんがぼくを靴屋《くつや》までガイドしてくれたり、今日もこうして父親がぼくをどこかにガイドしていこうとしたり、なにかが徐々《じょじょ》に変わりつつあることは、ぼくもうすうす感じていた。

だからこそ、ほんとは、こわかった。

下界のやつらは一体ぼくをどこにつれていこうとしてるんだ?


父親の運転する紺《こん》のカルディナは、一車線の市道に乗ってぐんぐん街を遠ざかり、続いて二車線の国道、三車線の高速道路、と乗りついで県からも遠ざかり、やがては曲がりくねった山道へとぼくを運んでいった。

「車でそんなにかからない」なんて大うそで、ゆうに三時間はかかったはずだ。ぼくはそのあいだいちども口を開かず、助手席の窓《まど》にもたれて寝たふりをしてたけど、じきにほんとうに眠《ねむ》りこんでしまった。

目覚めると、車は山間《やまあい》の小さな村を走っていた。山と山のあいだに畑が広がり、畑と畑のあいだに人家が散在《さんざい》して、そののどかな光景をじゃましないようにひっそりと道が通っている。そんな静かな村里だ。ときおり温泉やカラオケボックスなどの看板《かんばん》が目につくけど、実物の建物はなぜだかどこにも見あたらない。やがてはその看板も消えて、あたりがますますさびしくなってきたころ、父親が砂利《じゃり》道《みち》のおくまった路肩《ろかた》に車を停《と》めた。

「まあ、このへんだな」

目頭をおさえて言うものの、砂利道は鬱蒼《うっそう》とした樹林《じゅりん》にかこまれていて、あたりに川の気配はない。

はて、と思いながらもぼくは助手席のドアを開けた。

とたん、霧吹《きりふ》きで氷水を吹きかけられたような、なんともいえない冷気に全身がしびれた。

「しっかり厚着《あつぎ》してけよ」

トランクから釣り具《ぐ》を出しながら、父親が今さらそんな助言をする。自分でも遅《おそ》すぎると気づいたのか、首に巻《ま》いていたマフラーをほどいてぼくにさしだした。

もちろんぼくは遠慮《えんりょ》した。手編《てあ》みのマフラーなんてセンス最悪だし、べつに耐《た》えられないほどの寒さでもない。温度はたしかに低いけど、青々とした空気の透明度《とうめいど》がそれを心地よくフォローしていた。

「じゃ、行くか」

父親はあきらめてマフラーを巻きなおし、木立《こだち》のなかに足をふみいれた。

ぼくもスケッチ道具を片手《かたて》にそのあとに続いた。

行く手をはばむ小枝をはらいながら、なだらかな勾配《こうばい》をくだっていく。樹葉《じゅよう》にはまだ朝露《あさつゆ》が残っていて、見あげれば木漏《こも》れ日がまぶしかった。

十分ほどで視野《しや》が開けて、どうやら目的の川にでた。

枯《か》れ野《の》の上を音もなく流れる小さな清流――。

朝日を浴びた川面《かわも》は淡《あわ》い緑青色《ろくしょういろ》で、ぼくは一瞬《いっしゅん》、水がよどんでいるのかとがっかりしたけど、よく見るとそれは水中でゆれる一面の水草だった。水そのものは川底の砂《すな》まで見えるほど澄《す》みきっている。その透明《とうめい》な流れをはさんで、むこう岸にもこちらとおなじ樹林が広がっていた。川上には雪をかぶった山影《やまかげ》がそびえている。

いいながめだな、とぼくは認《みと》めた。どこから見ても絵になる景色ではないけど、角度や構図《こうず》によってはどんな絵にでもなりそうだ。たしかに、スケッチには最適《さいてき》の場所かもしれない。が、しかし……。

「こんなところで魚なんか釣《つ》れるわけ？」

早くも川辺で釣りざおをにぎる父親に、ぼくは冷やかな目をむけた。水中に魚の影《かげ》は見えないし、第一、釣りをするには水草が多すぎる。

「釣《つ》れる釣れないは二のつぎさ。川辺でのんびり景色を楽しむ。それが父さんの釣りなんだ、魚は関係ない。はは」

目尻《めじり》をたらす父親は、本気で魚をムシしてるらしく、釣りにきたっていうのにバケツもアイスボックスも用意していない。川ぶちにどっかり腰《こし》をすえ、エサもつけずに釣り針《つりばり》をたらしてぼけっとしてるだけ。なにがおかしいのか、ときおりひとりでにこにこ笑っている。

へんなやつ。ぼくはかまわずスケッチの場所をさがし、見通しのいい日だまりにビニールシートを広げた。早速その上で新品のスケッチブックを開く。えんぴつを走らせて五分とたたないうちに、指先からうで、つまさきから太もも、尻《しり》から腹《はら》へとじわじわ冷えがよせてきた。真冬の野外写生は過酷《かこく》だ。が、それでもスケッチ自体は楽しくて、いつのまにか夢中《むちゅう》になっていた。

この川の清さ。

あの木々の威厳《いげん》。

肌《はだ》をなでる風の感触《かんしょく》。

ぼくはまだそんなものまで絵に宿すことはできないけど、ときどき木の葉を描《か》いていると、実《じっ》際《さい》に自分の手がその葉にふれてるような錯覚《さっかく》におちいる。川の流れを描いていると、その冷たい水に指先をひたしてる気がする。

木の葉はぼくからなにかをはらい、川の水はなにかを流してくれたようだ。下描《したが》きを終え、水《すい》彩《さい》絵の具で色づけしていくうちに、徐々《じょじょ》に自分の体が軽くなっていくのがわかった。肩《かた》にのしかかっていたよぶんなものがとりはらわれていく感じ。もしかしたらぼくは、自分で思っていた以上に、なれない勉強に疲《つか》れていたのかもしれない。

調子よく筆を進めるぼくの絵を、父親は数分おきにのぞきにきては、「マフラー、ほんとにいいのか？」と念をおしてもどっていった。

午前中のうちにぼくは一枚目《まいめ》の絵を仕上げ、父親は一匹の魚も釣りあげなかった。

「真《まこと》は、風景画専門《せんもん》か？」

父親からあらたまってきかれたのは、昼休み。ぼくのビニールシートで母親のべんとうを広げていたときのことだ。

「人間の絵は描かないのか？」

ぼくは保温《ほおん》ポットのコーヒーであたたまりながら首をふった。

「描かない」

「どうして」

「人間はきらいだ」

きっぱり答えた瞬間《しゅんかん》、早乙女《さおとめ》くんの顔が頭をよぎった。ぼくは「基本的《きほんてき》に」と小声でつけたした。

「うん、そうか」

父親はふむふむとうなずきながらおにぎりを手にとり、四口でたいらげた。続いて、玉子焼き

とウインナーとミニハンバーグをそれぞれ一口で食べほした。それからようやくぼくにむきなおり、

「父さんも、基本的に人間はきらいだ」

屈託《くつたく》のない笑顔で言った。

「一時はひどくきらいだったよ」

「あ、そう」

ぼくは気のない返事をして、からあげをほおばった。こうばしいしょうゆの味が口いっぱいに広がっていく。その余韻《よいん》を楽しみながらおにぎりに手をのばしたぼくに、父親がたくあんをかじりながら言った。

「今日、父さんがなぜ真《まこと》を釣《つ》りに誘《さそ》ったか、わかるか?」

ぼりぼり。

「わかるよ」

もぐもぐ。

「え。わかるのか?」

ぼりぼり。

「わかるって」

もぐもぐ。

「釣りにかこつけてぼくと話しあいの時間をもつためだろ」

たくあんをかじる父親の口が止まった。

「よくわかったな」

「見えすいてるって」

父子で釣り、イコール、語らいの時間。どうせそんなホームドラマ的魂胆《こんたん》があるんだろうとは思っていた。

「わかってくれてるなら、話は早い」と、父親はいくぶんほっとしたように続けた。

「そのとおりだよ。父さん、真と話がしたくてここにきた。これまでは真が自分から話をしてくれるのを待つつもりでいたんだが、このごろ思うようになったんだ。もしかしたら父さん、待ってるんじゃなくて、逃《に》げてるだけなのかもしれん、ってな。それに、近ごろの元気がない母さんを見てると、父さんもつらいんだ」

「……………」

「おまえたちのあいだになにがあったのか、父さんは知らない。しかし女房《にょうぼう》と息子のぎくしゃくした関係ってのは、おなじ屋根の下にいれば気になるもんだぞ」

「一見うまくいってるけどじつは仮面夫婦《かめんふうふ》の両親ってのも、息子にしてみりゃ気になるもんだよな」

ぼくはいたずらっ気《け》を起こして言ってみた。

「なに、どういう意味だ？」

「べつに」

「いや、言ってくれ。真《まこと》の気持ちを父さんにぶつけてくれ」

「じゃあ言うけど」と、ぼくは言った。「結婚《けつこん》相手、失敗したんじゃないの？」

「結婚？」

「後悔《こうかい》してるんじゃないかと思ってさ」

「そんなばかなことあるものか」

父親はたちまちむきになった。

「父さん、母さんとの結婚を後悔したことなんていちどもないぞ。それどころか、またとないパートナーにめぐまれたと思ってるよ」

それは母親の正体を知らないからなのだが、父親は声高《こわだか》にしゃべり続ける。

「母さんはほんとにいつも生き生きしてるからなあ。出不精《でぶしよう》で無趣味《むしゆみ》の父さんとちがって、母さんにはこう、チャレンジ精神《せいしん》ってのがあるんだな。真もおぼえてるだろうが、長唄《ながうた》だとか江戸芸かっぽれ踊《おど》りだとか、どんどん新しいことにチャレンジしていくあの前むきな姿勢《しせい》には、父さん、いつも感服《かんぷく》してたよ。あのバイタリティーにどれだけはげまされたかわからない」

「はあ」

ぼくはぽかんと宙《ちゆう》をあおいだ。

チャレンジ精神。前むきな姿勢。バイタリティー。

そのどれも、失意に満ちた母親の手紙からはほど遠い言葉だ。が、父親は本気でそう思ってるらしい。

「習いごとだけじゃない。パートの仕事だって母さんは生き生きやっていた。笑顔を絶《た》やさず、習いごととおなじくらい楽しそうに、な。おかげで父さん、失業中はずいぶん救《すく》われたよ」

パートの仕事? 失業中?

またしてもニューワードが飛びだしてきた。

おいおい、それは一体いつの話だ?

「金銭面《きんせんめん》だけじゃない。精神的にもあのころ、父さん、だいぶ参ってたんだ。母さんの明るさがなきゃやりきれなかっただろう」

とまどうぼくをおきざりに、話はさらに意外な方向へと発展《はってん》していったのである。

「……あのころのことな、父さんが一番参ってたころの話、おまえや満《みつる》にはしたことなかったよな。弱音は吐《は》きたくなかったし、心配もかけたくなかったから今まで言わずにきたんだが、結局はかっこつけてただけかもしれない。父さん、真が自殺《じさつ》をはかったとき、すごく後悔したんだ。かっこつけずにもっといろんなことを話しておけばよかった。役に立っても立たなくても、とにかくなんでも話してみるべきだったって、な。今からでも、きいてくれるか?」

ふと気づくと、ぼくはまんまと父親のペースに乗せられていた。

憮然《ぶぜん》としているぼくの返事も待たずに、父親は本腰《ほんごし》を入れて語りはじめた。

「真《まこと》がまだ小学生のころ、父さん、急に前にいた製菓《せいか》会社をやめたよな。あれが不運のはじまりだ。あのとき父さん、仕事のミスの責任《せきにん》をとってやめたっておまえたちに言ったけど、じつはあれ、半分はうそだった。ミスはミスでも、上司のミスを背負《せお》わされてやめたんだ。よくある話だがな」

父親がめずらしく自嘲的《じちょうてき》な笑みをうかべた。

「上司の不手際《ふてぎわ》で、大手チェーンとの契約《けいやく》が白紙にもどった。気がつくと、父さんが責任をぜんぶかぶっていた。赤字続きで、会社もリストラする人間をさがしていたんだな。でも父さんはクビになったことより、信頼《しんらい》してた上司にうらぎられたことのほうがこたえたよ」

「……それで人間がきらいになったわけ？」

「きらいってよりも、こわくなったのかもしれん。社内のだれもが実情《じつじょう》を知っていて、なのにだれひとりそれを口にだそうとはしなかったからな」

ひどく生々しい話をする父親の頭上では、糸杉《いとすぎ》の枝葉《えだは》が風にゆれ、ときおり鳥がさえずっている。さらにその上では真昼の太陽がまばゆい金の粉《こな》をふりまいていた。

「おまけに世間は不況《ふきょう》のまっただなかで、つぎの職場《しょくば》はなかなか決まらなかった。それでも父さん、前の会社でしていた企画《きかく》の仕事をなんとか続けたくてな。新しい商品を考えて、生みだして……、その過程《かてい》がたまらなく好きなんだ。もちろん、そんなわがままを言ってられたのも母さんのおかげだよ。母さんが応援《おうえん》してくれたからこそ、父さん、あせらず仕事をさがすことができたんだ。半年近くも失業したあと、ようやく今の会社の企画部に再就職《さいしゅうしょく》できたときは、ほんとにうれしかったよ。これでまた母さんに好きな習いごとをさせてやれると思った」

父親の声が一瞬《いっしゅん》はずみ、しかしすぐに「ところが」と急降下《きゅうこうか》した。

「ところが、まだ父さんの不運は終わっちゃいなかったんだな。今度はその新しい会社がとんだトラブルにまきこまれたわけだ」

トラブル——例の悪徳商法《あくとくしょうほう》か。

「父さん、つくづくツイてないんだよなあ」

被害者《ひがいしゃ》きどりのぼやき声に、それまでぼんやり話をきいていたぼくは、だまされちゃいけない、とハッとした。だって、父親はその事件《じけん》のおかげで平社員《ひらしゃいん》から部長にまで昇進《しょうしん》して、文字どおり、小躍《こおど》りしてよろこんだはずなんだ。おなじ会社の社長や重役たちがいっせいに検挙《けんきょ》された、その夜に。

「社員のくせに、ほんとに悪徳商法のこと、知らなかったの?」と、ぼくは用心深く父親を見すえた。「ほんとは自分も共犯《きょうはん》なんじゃないの?」

父親は神妙《しんみょう》な顔をした。

「入社当初は知らなかったよ。というより、そのころはまだ社長もまっとうだったんだ。『商売っ

ての は、商品を売ることじゃなくアイディアを売ることだ』ってのが口ぐせの変わり者でね、たしかに野心家ではあったが、法にふれるようなことまで考えちゃいなかった。それが二年ほど前、『商品は悪くても、アイディアがよければ消費者《しょうひしゃ》は納得《なっとく》する』なんて極論《きょくろん》に走りはじめたころから雲ゆきがあやしくなってきてな。どうやら社長が腹心《ふくしん》の重役たちとみょうなプロジェクトをはじめたらしいってうわさが社内に流れはじめた。当人たちは極秘《ごくひ》で進めてたつもりらしいが、どんなにかくしてたって内部の人間にはわかるもんだ」

「じゃあ、知ってたんじゃん」

「ああ、社内で知らない人間はいなかったよ」

「知ってて、なんで止めなかったんだよ」

「なんども止めようとしたさ。社長たちがあやしい動きをはじめるたびに、父さんは直訴《じきそ》した。こんなことを続けてたらいつかはたいへんなことになる。時間がかかっても、地道にまともな商品を開発していくべきだ、と」

「はあ」

ぼくは調子を狂《くる》わせはじめた。なんだか、へんだ。話がちがう。プラプラはそんな話、ちっともしてなかったぞ……。

「たちまち社長にけむたがられたよ。製菓《せいか》会社のときとおなじだ。デスクを窓《まど》ぎわにうつされ、なんの仕事も与《あた》えられずに、辞表を書くしかない状況《じょうきょう》に追いやられた。それでも父さん、このときは意地でも辞表を書かなかったんだ。今度失業したらまたいつ職《しょく》が見つかるかわからないし、さすがに母さんにも申しわけない。家のローンも残ってるし、おまえたちの学費《がくひ》もある。どんな目にあおうとも、とりあえず会社に通ってれば給料はもらえるからな」

二年間、と父親は重くつぶやいた。

「二年間そうやって死人のように出社しつづけたよ」

北風が父親の灰色《はいいろ》がかった髪《かみ》をもちあげていく。

ぼくはぶるっとふるえてステンレスのマグカップを手にとった。

コーヒーはすっかり冷えきっていた。

「会社の人たちは、やっぱりだれも助けてくれなかったわけ？」

父親にたずねるぼくの声が次第にかぼそくなっていく。もしかしたらぼくは……いや、真《まこと》は、とりかえしのつかない誤解《ごかい》をしていたんじゃないか？

「はげましてくれた人はいたが、社長が相手じゃ助けようがないからなあ」

「検挙《けんきょ》された重役たちは、みんな社長の味方だったの？」

「味方というか、彼《かれ》らも彼らなりに迷《まよ》いはあったのかもしれんが、立場上、さからえなかったんだろうな。かえって若手《わかて》の社員たちのなかで、社長を解任《かいにん》して会社を一新させようとの声が高まっていた。父さんも同感だったよ。あそこまで会社が堕落《だらく》したら、もはや大きな変革《へんかく》を起こすくらいしか道はない」

「じゃあ、あの夜、あんなによろこんでたのは、出世したからじゃなかったの?」

「出世したからさ」と、父親はあっさり認《みと》めた。「これでやっとまたまともな仕事ができるようになったんだ。しかも念願の企画部《きかくぶ》だぞ。今度こそ地道にいい商品を開発していこうと、あの夜は若い社員たちと大いにもりあがったよ。一時はなげやりになったこともあったが、まだまだ父さんの人生も捨《す》てたもんじゃない、ってな」

「……」

もはや完全に声をなくしたぼくに、父親は「どうだ」とにんまり胸《むね》を張《は》ってみせた。

「おまえの目にはただのつまらんサラリーマンに映《うつ》るかもしれない。毎日毎日、満員電車にゆられてるだけのたいくつな中年に見えるかもしれない。しかし、父さんの人生は父さんなりに、波瀾万丈《はらんばんじょう》だ。いいこともあれば悪いこともあった。それでひとつだけ言えるのは、悪いことってのはいつかは終わるってことだな。ちんまりした教訓だが、ほんとだぞ。いいことがいつまでも続かないように、悪いことだってそうそう続くもんじゃない」

はっはっは、とてれくさそうに声をあげて笑いだす。その笑い声にはじかれたように、シートのまわりでべんとうをねらっていたカラスたちがいっせいに飛び立った。

ばたばたとひびく羽音《はおと》。

紺青《こんじょう》の空に吸《す》いこまれていく黒。

ぼくはとつぜん、めまいがするほどの孤独《こどく》を感じた。

父親はぼくをはげましてるつもりらしいけど、残念ながらぼくは、悪いことがかならずしも終わらないことを知っていた。

だって、真《まこと》の死は終わらない。何年たとうが、何十年たとうが、死だけはぜったいに終わらない。

とりかえしのつかない誤解《ごかい》をこの世に残したまま、真は永遠《えいえん》に死に続けるんだ。

11

山の天気は変わりやすい。午後になると急に陽《ひ》がかげり、雲が色濃《いろこ》くなってきた。どのみちスケッチになど身が入らなくなっていたぼくは、川辺で釣《つ》り糸《いと》をたらしつづける父親に「もう帰ろう」と自分から切りだした。

帰りは高速道路で足止めをくらい、果てしなく長いドライブとなった。

約二十キロにもおよぶ大渋滞《だいじゅうたい》。三車線いっぱいに車がひしめいて、まったく前に進もうとしない。ときおり貧血《ひんけつ》でも起こしたようによろよろと進んでは、またすぐに止まってしまう。だれもがイライラしているらしく、やがてあちこちの車からだれにともなく抗議《こうぎ》のクラクションがひびきはじめたけど、ぼくのとなりで父親は眉《まゆ》ひとつ動かさずにハンドルをにぎったまま。それどころか、オリジナルのミュージックテープに合わせてのんびり演歌《えんか》など口ずさんでいる。

考えてみると、こんなにまぢかで父親の顔を見るのははじめてだった。

百人が百人、温厚《おんこう》そうだと口をそろえるにちがいない丸顔。人をにらんだことなどなさそうなひとみ。四十すぎのわりには肌《はだ》つやもいい。さんざんな目にあってきたっていうのに、真《まこと》の顔みたいに陰気《いんき》な影《かげ》がない。

「ひとつききたいんだけど」

ぼくはぼそっとつぶやいた。

「今がよければ、過去《かこ》のことはもういいわけ？」

ぼくにはふしぎでならなかった。

「過去のうらみは？　社長や上司たちへの怒《いか》りは？　もう人間がきらいじゃないって言える？　人間はこれからだってもっとひどいことをするかもしれないし、もしかしたら知らないところでひどいことをしてるかもしれないよ」

母親のことを思いうかべていた。

父親にかくれて不倫《ふりん》をしていた母親。

その母親をパワーみなぎる救世主《きゅうせいしゅ》のように語る父親。

小林真《こばやし》にかぎらず、この地上ではだれもがだれかをちょっとずつ誤解《ごかい》したり、されたりしながら生きているのかもしれない。それは気が遠くなるほどさびしいことだけど、だからこそうまくいく場合もある。

「そりゃあ、うらんでたさ」

長い沈黙《ちんもく》のあと、父親は言った。対向車のヘッドライトを浴びたその横顔はかすかにこわばっていた。

「いくら今がよくたって、悲惨《ひさん》な過去《かこ》が消えるわけじゃない。二年間、死人のようにすごしたあの時間をとりもどせるわけでもない。上司へのうらみはわすれたことがなかったし、社長が起訴《きそ》されたときはざまあみろとも思ったよ。そんな自分にいやけがさしたこともある」

しかし、と父親は言った。

「しかし、そんな感情《かんじょう》はすべて一瞬《いっしゅん》のうちに吹《ふ》きとんだよ」

「一瞬？」

「あの日の、あの一瞬に」

「いつ？」

「わからないか」

父親の顔から笑みが消えた。

「おまえが生きかえった瞬間《しゅんかん》だよ」

「あ」

ずきんとした。

「大量の睡眠薬《すいみんやく》を飲んで虫の息になってたおまえを見つけたときは、父さんの心臓《しんぞう》のほうが先に止まりそうだった。母さんの手前、なんとかしっかりしようとは思ったが、内心はパニックだったよ。あわてて救急車《きゆうきゆうしや》を呼《よ》んだが、病院の先生にもほぼ望みがないと言われた。よくて植物状態《しよくぶつじようたい》だろう、と。しかし、それでも先生や看護師《かんごし》さんがたは懸命《けんめい》に手をつくしてくれた。おまえはまだ若《わか》い、なんとか救《すく》ってやりたい、とできるかぎりのことをしてくれた。そのすがたに父さんは打たれたんだ。そしておまえも、そんなみなさんの熱意にこたえるように、奇跡的《きせきてき》に生きかえってくれた。そのとき思ったよ、人間ってのは良くも悪くもたいしたもんだ、って」

父親はかみしめるように言った。

「あの一瞬《いっしゅん》のよろこびは、それまでのすべてを清算してあまりあるものだったよ」

後方からまたひとつ車のクラクションがきこえた。それにこたえるように前方からもひとつ、右からもひとつ。ぼくはなんだかいたたまれず、いちいち音の方向に首をひねっては、そわそわと視線《しせん》をさまよわせた。

「父さんだけじゃないぞ。あの一瞬に未来を動かされた人間もいる」

父親の声がふたたびぼくの視線をひきよせた。

「気がついてたか？　満《みつる》がいきなり医者になりたいって言いだしたのは、あの病院でおまえが一命をとりとめた直後のことだぞ」

「え？」

「その満が、今年の医学部《いがくぶ》はあきらめると言いだしたよ。なにぶん急な話だったからな、これから追いあげても間に合いそうにないらしい。一年間、じっくり勉強しなおして、来年、奨学金《しょうがくきん》の試験を受けるそうだ。代わりに真《まこと》を私立《しりつ》に行かせてやれと言ってきた」

「……………」

頭が混乱《こんらん》して言葉が見つからない。

あの満が？　まさか。うそだ。そんなばかな。必死で否定《ひてい》しようとするものの、でも、心のどこかがうそじゃないと認《みと》めている。

ぼくは観念《かんねん》してがくんとシートの背《せ》にもたれた。

ほんとはぼくだってうすうす気がついてたんだ。ぼくが小林真《こばやしまこと》になって以来――つまり真の自《じ》殺《さつ》以来、あの口の悪い満がいちども身長のことでぼくをからかわなかったこと。

「なんの用だ？」

家についたときにはもう九時をまわっていた。満は部屋にいるらしく、ドアの隙間《すきま》から明かりがもれていて、なのに、ノックをしても返事がない。かまわずドアを開けると、正面の机《つくえ》で勉強中だった。

「だれが入っていいって言った」

ぼくにせなかをむけたまま、いつものきつい声をだす。

「いくつか確認《かくにん》したいことがあるんだけど」

ぼくは単刀直入にきいてみた。

「今年の医学部《いがくぶ》をあきらめたのは、おれのため？」

「ごじょうだん」

満《みつる》はふりむきもせずに鼻で笑った。

「ただたんに、間に合いそうにないだけだよ。おれもおまえのアニキだからな、頭の出来はそうよくない」

こにくたらしい物言いや、ひとことよけいなところはあいかわらずだ。

「それに、調べてみたら医学部ってのは思ってた以上に金がかかる。入学してからバイトでもして学費《がくひ》かせごうと思ってたけど、いっそのこと来年の奨学金試験《しょうがくきんしけん》にかけたほうがよさそうだって方針《ほうしん》かえただけ」

以上、と切りあげてふたたび問題集にむかう満を、「もうひとつ」とぼくは呼《よ》びとめた。

「医者になろうって決めたのは、ぼくの自殺《じさつ》が原因《げんいん》？」

「べつにおまえは関係ない、おまえの主治医《しゅじい》の影響《えいきょう》だよ」

満は感情《かんじょう》のこもらない声で言った。

「おれはあのときはじめて、人の命をあずかる医者の仕事ってやつを間近で見た。静かに全力をつくすあの医者のすがたにちょっと感動したんだ。おやじやおふくろのよろこぶすがたを見てたら、こういう仕事も悪くないと思った。それだけだ。患者《かんじゃ》はべつにおまえじゃなくてもよかった。

となりの病室の患者でも、なんならサルでもかまわなかったよ。以上」

満がシャーペンを動かしはじめても、ぼくは戸口の前からはなれられずにいた。

「もうひとつ」

「まだあんのかよ」

「最後にひとつだけ」

「だからなんだって」

「ほんとに?」

「あ?」

「ほんとにサルでもよかった?」

満のシャーペンが止まった。真《まこと》によく似《に》たなで肩《がた》も、真とおなじ位置にあるつむじも、すべてが数秒間、動きを止めた。

「そんなもんてめえで考えろ!」

ぎしっと椅子《いす》を鳴らしてふりむいた満は、思わず腰《こし》がひけるほどこわい顔をしていた。

「考えろ」ともういちど、ぼくをえぐるようににらみながら言う。「物心ついたときからそばにいた、ぐずで、ぶさいくで、頭悪くて、いくじなしで、病的な内弁慶《うちべんけい》で、ともだちもできない、だから年中おれのあとばっかかついてまわってた、世話のやける、目のはなせない、十四年間、まったく目がはなせなかった弟が、ある朝、なんてことのないふつうの朝に、とつぜん、ベッドの上で死にかけてた。しかも自殺《じさつ》だ。自分で死んだんだ。どんな気分になるか考えてみろ！」

言うだけ言うと、満《みつる》は急に声をさまして「以上」とつぶやき、机《つくえ》にむきなおった。その顔がふたたびぼくにむけられることはなかったし、問題集の上を走るシャーペンが止まることもなかった。

ぼくはその場でしばらくのあいだ、まるで三球三振《さんきゅうさんしん》のバッターのように立ちつくしてから、やがてようやくきびすを返して、とぼとぼ部屋にもどっていった。


その夜はなかなか眠《ねむ》れなかった。

父親の話。満の話。ふえつづけるとりかえしのつかないものたちの数や、にわかにわいてきたホストファミリーをだましてることへの罪悪感《ざいあくかん》。それらのすべてがぼくを悶々《もんもん》とさせていた。

今日という一日は、代役でひきうけるにはあまりにも荷が重すぎる。

ぼくは無念でたまらなかった。こんなに残念なことはなかった。

今日の父親の話は、本物の真《まこと》がきくべきだった。

満の声を、死んだ真にきかせてやりたかった……。

草色のまくらに顔をおしあて、ぼくにしかわからないくやしさをかみしめてるうちに、鼻の奥《おく》がきんとして、生あたたかいものがほおを伝った。

天井からなつかしい声がおりてきたのは、そのときだ。

「泣いてるのか?」

ひさびさのプラプラ。だけど今はひとりにしておいてほしかった。

「ぼくじゃない」

つぶやくなり、ぼくはふとんにもぐりこんだ。

「真のなみだだ」

12

ぼくのなかにあった小林家《こばやしけ》のイメージが少しずつ色合いを変えていく。

それは、黒だと思っていたものが白だった、なんて単純《たんじゅん》なことではなく、たった一色だと思っていたものが、よく見るとじつにいろんな色を秘《ひ》めていた、という感じに近いかもしれない。

黒もあれば白もある。

赤も青も黄色もある。

明るい色も暗い色も。

きれいな色もみにくい色も。

角度次第ではどんな色だって見えてくる。

川へ行った翌日《よくじつ》から、ぼくは父親を避《さ》けるのをやめた。もともとおたがいに口数の多いほうじゃないから、いきなり会話がふえたわけではないけど、まあふつうに口をきくようにもなった。満《みつる》とはあいかわらずけんかばかりだけど、あのにくまれ口にも前ほどは腹《はら》が立たなくなった。それに、考えてみると満との言い合いは、あれでなかなかいいストレスの発散になるのである。

こうしてぼくは少しずつ、やっとのことでホストファミリーになじみつつあったわけだけど、母親の不倫《ふりん》に対する生理的な嫌悪感《けんおかん》だけは、どうしてもクリアできない障害《しょうがい》として残っていた。

そりゃあ、だれにでもあやまちはあるだろう。ぼくだって前世《ぜんせ》のあやまちのせいでここにいるわけだし、すぎたことをねちねち言うのはいやらしい。

と頭ではわかっていても、いざ母親を前にするとやっぱり態度《たいど》がぎすぎすしてしまう。だいたい、あれほど人のいい、だまされやすそうな父親をだますなんて、芸がないというか、ずいぶん卑怯《ひきょう》な気がする。母親のほうも、例の手紙がからぶりに終わってからはもう打つ手がないといった感じで、はなれたところからこっそりぼくの様子をうかがっている感じだ。

が、しかしやっかいなことに、こんな状況《じょうきょう》にありながらも、ぼくらは現在《げんざい》、早急に話しあわなきゃならない問題をかかえていた。

高校受験の問題だ。

ぼくが小林家《こばやしけ》でおろおろしてるあいだにも、確実《かくじつ》に受験の日はせまっていて、なのにぼくらはまだ志望校《しぼうこう》の件《けん》で最終的なおりあいをつけていなかった。「公立しか受験しない」というぼくに、「第一志望は公立でもいいが、私立《しりつ》のすべりどめも受けてくれ」という両親。そこに、「医学部《いがくぶ》は奨学金《しょうがくきん》で行くから、真《まこと》は私立の単願《たんがん》でいけ」と満までが口をだしはじめ、もう収拾《しゅうしゅう》がつかなくなってきている。

そりゃあ、ぼくの成績《せいせき》じゃみんなが心配するのもむりないし、身内から高校浪人《こうこうろうにん》なんてだしたくない気持ちもわからないわけじゃない。でもぼくにしてみれば、どう考えても、たった五カ月しか通わない私立に大金をはらうのは愚行《ぐこう》なのである。

こうしたややこしい状況下《じょうきょうか》で、ぼくはこれまで両親との話しあいをこばんできたのだが、いいかげんそういうわけにもいかなくなってきた。

教師《きょうし》と、保護者《ほごしゃ》と、受験生。このしんきくさい組みあわせで、最終的な志望校の確認《かくにん》をする日がせまりつつあったのだ。

「えー、遅《おそ》くなったが、来週からはじまる三者面談の日程《にってい》が決まった。泣いても笑っても、これが最後の面談だ。かならず全員の保護者にきてもらうからな」

沢田《さわだ》から三者面談の日程が発表されたのは、十二月十四日の帰りのホームルーム。二学期の期末試験を三日後に、冬休みを十日後にひかえた月曜日だった。

「面談時間は生徒ひとりにつき十五分。これが長いか短いかはおまえらの現状《げんじょう》次第だ。日程はいちおう出席番号順に組んどいたが、三日間あるから、保護者の都合が悪い場合は言ってくれ。じゃ、ひとりずつ呼《よ》ぶから、とりにこい」

教室を見まわしながら、沢田《さわだ》が大声で名前を読みあげていく。

ぼくが受けとった案内のプリントには『二日目の五時半から五時四十五分』と、そこだけ手書きで記されていた。さぞかしつらい十五分になりそうだけど、それはまあ、いい。

気になったのは、プリントをぼくに渡《わた》すとき、沢田が口にした謎《なぞ》のせりふだ。

「ま、小林《こばやし》の母ちゃんとはもうさんざん話したけどな」

口もとに軽く笑みをたたえて、沢田はたしかにそう言った。それから、きょとんとしたぼくの顔を見て急に話をそらし、

「あ。そういや天野《あまの》先生から、おまえにことづてたのまれてた」

「天野先生？」

「放課後、顔見せろってさ。渡《わた》したいものがあるんだと」

「はあ」

なんだろう、とぼくは首をひねった。

天野先生は美術部《びじゅつぶ》の顧問《こもん》で、筆やコンテが口代わりみたいに無口なじいさんだけど、ときおり口にするアドバイスは的確《てきかく》で、ぼくはひそかに信頼《しんらい》していた。美術部にでなくなってからは顔を合わせてないけど、渡したいものってなんだろう？

怪訝《けげん》がりながらも放課後、ぼくは美術室のとなりにある美術準備室《じゅんびしつ》をたずねた。天野先生はたいていいつもそこにいる。しかし、この日はいくらノックをしても返事がなく、なかから物音も

きこえてこなかった。やっぱり職員室《しょくいんしつ》のほうか……。

ぼくはあきらめてくるんとまわれ右をした。

それからふとうしろ髪《がみ》をひかれて、もういちどまわれ右をした。

一回転したつまさきがふたたび美術室の方向をさす。

鼻をくすぐる油絵の具のにおいに、むずむずした。ひきよせられるようにして準備室を通りすぎ、なつかしい美術室の前に立つと、くもりガラスのむこうは薄暗《うすぐら》く、部員の気配もなかった。

そういえば、試験前は部活動禁止だったっけ。思いだすなり、一気に心が軽くなった。

ぼくは揚々《ようよう》と美術室のとびらを開けた。

とたん、無人のはずのそこに奇妙《きみょう》な情景《じょうけい》を見て、ハッとした。

厚手《あつで》のカーテンにはばまれ、煉瓦《れんが》色《いろ》の陽《ひ》もさしこまない美術室。そのがらんと寒々しい部屋の中央に、イーゼルが一台、たったの一台だけぽつんと立っていた。キャンバスが一枚《まい》、のっている。一面の青を見ただけですぐにわかった。ぼくの絵だ。真《まこと》が描《か》きはじめ、ぼくがあとをひきついだあの絵。受験が終わってから大事に仕上げるつもりでいた。

その青い絵の前に小さな人影《ひとかげ》がたたずんでいる。

人影が発する黒ずんだ邪気《じゃき》の源《みなもと》は、その右手ににぎられた油絵の具だった。ふたのない油絵の具のチューブ。先っぽからのぞくつややかな漆黒《しっこく》。その黒でぼくらの青い絵を塗《ぬ》りつぶそうとするかのように、徐々《じょじょ》に右手をキャンバスへとのばしていくその横顔は――。

「ひろか?」

うそだろう、と思いながらぼくは呼《よ》びかけた。

人影《ひとかげ》がぴくんとふりむいた。

やっぱりひろかだ。黒い絵の具をキャンバスにむけたまま、おぼろなにくしみを宿すひとみでぼくを見すえている。

「なんで……」

なんでひろかが、ぼくの絵を?

ききたいけれど声がでなかった。ひろかがあまりにも暗い目をしていたから、ぼくはとつぜん、悲しくなった。

夕闇《ゆうやみ》のたちこめる美術室《びじゅつしつ》で、ひろかはこのとき、たしかにおびえていた。なにに対してだかわからない怒《いか》りや悪意をにじませながら、そんな自分に、おびえていた。

「いいよ」

気がつくとぼくはささやいていた。

「その絵、ひろかにやる。だから、ひろかの好きにしていいよ」

その瞬間《しゅんかん》、これまでぼくをまどわせてきた色っぽい生き物が、急にもろくてたよりない女の子に変わった。

ひろかはふっと気がぬけたように目をふせた。なんの前ぶれもなく、そのひとみから大粒《おおつぶ》のなみだがこぼれた。同時に、彼女《かのじょ》のにぎりしめたチューブの先からもぼたっと絵の具がこぼれおちる。床《ゆか》へ――。

「おかしいの。ひろか、おかしいの。狂《くる》ってるの……」

絵の具のチューブをイーゼルにのせ、ひろかは火がついたように泣きだした。

「ひろか、きれいなものが好きなのに、すごい好きなのに、でもときどきこわしたくなる。ひろかの手でぐちゃぐちゃにこわしたくなる。おかしいの、ひろか、おかしいの」

ぼくはひろかに歩みより、ふるえる肩《かた》に手をかけた。

「そういうことって、あるよ。ひろかだけじゃない」

「ひろか、へんなの。頭おかしいの。狂ってるの。みんなによく言われる」

なみだでくしゃくしゃの顔をぼくの胸《むね》におしあてるひろかに、「みんなへんなんだよ」と、ぼくはここ数カ月の実感をこめていった。

「この世でもあの世でも、人間も天使もみんなへんで、ふつうなんだ。頭おかしくて、狂ってて、それがふつうなんだよ」

「ひろかだけじゃない?」

「ひろかだけじゃないよ」

「ときどきうんと残酷《ざんこく》になるのはひろかだけじゃない?」

「ひろかだけじゃないよ」

「だれかをうんと傷《きず》つけたくなるのはひろかだけじゃない？」

「ひろかだけじゃない」

「うんとやさしいひろかと、うんと意地悪なひろかがいるの」

「みんなそうだよ。いろんな絵の具をもってるんだ、きれいな色も、汚《きた》ない色も」

ひろかのもってる明るい色が、真《まこと》の暗い日々をいつも照らしていたんだぞ。そう教えてやれないのが残念だった。

人は自分でも気づかないところで、だれかを救《すく》ったり苦しめたりしている。

この世があまりにもカラフルだから、ぼくらはいつも迷《まよ》ってる。

どれがほんとの色だかわからなくて。

どれが自分の色だかわからなくて。

「三日にいちどはエッチしたいけど、一週間にいちどは尼寺《あまでら》に入りたくなるの。十日にいちどは新しい服を買って、二十日にいちどはアクセサリーもほしい。牛肉は毎日食べたいし、ほんとは長生きしたいけど、一日おきに死にたくなるの。ひろか、ほんとにへんじゃない？」

不安げに念をおすひろかに、

「ぜんぜんふつう。平凡《へいぼん》すぎるくらいだよ」

ぼくは強く言いきり、小声でつけたした。

「でも、死ぬのだけはやめたほうがいい」

なんとなくそんな気はしていたのだが、泣くだけ泣くとひろかはけろっといつもの調子にもどり、「デートに遅《おく》れちゃう」とかなんとか言いながらさっさと帰っていった。

「あの絵はひろか、もらえない。きっと、いつかぐちゃぐちゃにしちゃうもん。でも、ちゃんと最後まで描《か》きあげて、ずっと大事にしてあげてね」と、笑顔でぼくに言いのこして。

泣いたり、笑ったり、苦しんだり、苦しめたりとめまぐるしい多彩《たさい》な少女。女としての興味《きょうみ》より、謎《なぞ》の生物としての興味のほうが高まってきた彼女《かのじょ》の今後を、かぎられた期間しか見とどけられないのが残念だった。

その後、長いより道を経《へ》たぼくがようやく職員室《しょくいんしつ》に着くと、天野《あまの》先生はやはりそこにいた。

「ああ、小林《こばやし》。遅《おそ》かったな」

いつものしゃがれ声をだしながら、ぼくに大判《おおばん》の茶封筒《ちゃぶうとう》をさしだして、

「これ、お母さんにたのまれてたアレだ」

アレ?

「三者面談で沢田《さわだ》先生から渡《わた》してもらうことになってたんだが、ま、こういうものは早いほうがいいと思ってな」

こういうもの?

天野先生の言うアレがどういうものなのかさっぱりわからないまま、ぼくは封筒を受けとっ

た。厚《あつ》みはなく、片手《かたて》でつかんだらへなりとくねった。

「ま、勉強もたいへんだろうが、受験が終わったらまた美術部《びじゅつぶ》にも顔をだしなさい。君がおらんと、どうも美術部らしくない」

てれくさそうに目をふせて言う先生に、ぼくもてれくさくうなずき、礼を言って職員室をあとにした。

足早に教室へもどり、さっそく封筒を開けてみる。

入っていたアレは、思いがけないものだった。

13

その日の夕食どき。ぼくが例の封筒を片手に階段《かいだん》をおりていくと、リビングにはめずらしく家族全員がそろっていた。

父親。母親。満《みつる》。三人の顔にはいつにない緊張《きんちょう》の色がある。

「じつは、真《まこと》におりいって話があるの」

いっせいにぼくをふりむいた三人を、代表するように母親が言った。

ぼくは小さくうなずいた。

「うん、ぼくにもある」

それからおもむろに封筒《ふうとう》をさしだした。

「これ、美術部《びじゅつぶ》の先生から」

母親の顔色が変わった。父親と満《みつる》も「あ」というふうに顔を見合わせた。やっぱり、ぼく以外はみんな知っていたわけだ。

ぼくは封筒を母親に手渡《てわた》して、満の横に腰《こし》かけた。卓上《たくじょう》にあるロールキャベツのにおいがぷんと立ちのぼる。目の前でゆげをあげているそれがどんどん冷めていくのに、だれも箸《はし》に手をのばそうとしない。

「もしよけいなことをしちゃったのなら、ごめんなさいね」

沈黙《ちんもく》をやぶったのは母親だった。

「高校のことはもう、お父さんもお母さんも、真《まこと》の意志《いし》にまかせるつもりでいるの。ただ最後に、こういう可能性《かのうせい》もあるって……。試験に合格《ごうかく》するだけじゃなくて、実際《じっさい》に入学してから、あなたが楽しく高校に通える可能性をわたしたちなりに考えてのことなの」

「うん」と、ぼくは言った。「わかるよ、それくらい」

封筒を開けた瞬間《しゅんかん》から、これが彼女《かのじょ》の好意以外のなにものでもないことはわかっていた。

入っていた数枚《すうまい》の紙は、某私立《ぼうしりつ》高校の資料《しりょう》のコピーだった。ぼくも耳にしたことがある一風変わった高校で、美術と音楽の専科《せんか》をそなえ、普通科《ふつうか》も授業《じゅぎょう》はすべて単位選択制《たんいせんたくせい》。ぼくが夢中《むちゅう》でむさぼり読んだところによると、ここの美術科に入った場合、最大で週に十六時間も美術の授業を選択することができる。

もちろん設備《せつび》も万全だ。写真で見る美術室はまるで草原のように広く、その後方にはデッサン用の石膏像《せっこうぞう》が羊の群れのごとくひしめいている。美術の教師陣《きょうしじん》も美大からひきぬいた高名《こうめい》な先生や、パリやニューヨークのアートスクールで教鞭《きょうべん》をとっていた人ばかり。その上、週にいちどは講堂《こうどう》で、現在活躍中《げんざいかつやくちゅう》のアーティストたちをまねいての講演会《こうえんかい》が開かれる、という念の入れようだ。美大や芸大への進学率《しんがくりつ》も高く、その代わり当然、入学金や授業料もばか高かった。

「こういう高校があるって、満が教えてくれたの。ここなら真もよろこんで通うんじゃないか、って」

ぼくと目が合うと、満は無言でそっぽをむいた。

「お母さん、そんな高校があるなんてぜんぜん知らなかったけど、話をきいてるうちに、真にぴったりのような気がしてきて……。とりあえず沢田《さわだ》先生にお電話してみたの」

母親から相談を受けた沢田は、この高校について、「競争率《きょうそうりつ》は高いが、推定偏差値《すいていへんさち》はさほど高くない」というような説明をしたらしい。とくに美術科では学科試験よりも実技《じつぎ》の試験が重要視《じゅうようし》されるため、ぼくにもチャンスがある、とのことだった。

「それで母さん、おととい、わざわざその高校まで見学に行ってきたんだぞ」

父親が口をはさむと、母親ははにかんで下をむき、

「外れとはいっても東京だし、うちから通学可能かどうか確認《かくにん》したかったの。真をぬかよろこび

させたくなかったしね。実際《じっさい》に行ってみると、少し遠いけど、通えない距離《きょり》ではなかったわ。バスと電車で一時間くらい。学校は駅からちょっと歩くけど、そのぶん静かで緑の多い、いいところよ」

そこまで言うと、母親はいったん席を立ち、その高校のパンフレットを片手《かたて》にもどってきた。受けとると、ずっしり重い。カラー写真満載《まんさい》の豪華《ごうか》なパンフレットだ。表紙には近代的な銀灰《ぎんかい》色《しょく》の校舎《こうしゃ》が写っている。

「ね、すてきなところでしょ」

まじまじと見入るぼくに母親が言った。

「ただ、内部の人がつくった冊子《さっし》って、いいことだけしか書いていないものだから。それはお母さん、さんざんいろんな習いごとをしてきてよくわかってるから、外部の資料《しりょう》があったら見せていただけないかって、沢田《さわだ》先生にお願いしたの。そうしたら先生、美術部《びじゅつぶ》の先生にたのんでくださって……」

そして今日、ぼくの手もとにそれがとどいたってわけか。

「かくしていたつもりはないの。真《まこと》には、お父さんも満《みつる》もいる今日、ゆっくり話すつもりだったのよ」

さっきから母親はやけに弁解口調《べんかいくちょう》で言う。もしかしたらぼくはこわい顔をしてるのかもしれないけど、べつに怒《おこ》っているわけじゃなかった。

母親。父親。満。沢田。天野《あまの》先生。みんながぼくの知らないところでそんな話をしていたのかと思うと、なんだか当惑《とうわく》してしまい、反応《はんのう》にこまり、もっと正直にいうと、みょうに心がゆれていた。

「この高校に行けよ、真」

満がぼくを見すえた。

「おまえはばかでぐずでどうしようもない臆病者《おくびょうもの》だけど、昔から絵だけはうまかった。この高校で好きな絵を描《か》いてすごせよ」

「金のことは気にするな」と、父親もぼくを見た。「父さん、以前おまえに公立を受けてくれって言ったけどな、あれはべつに金のためだけじゃなかったんだ。おまえがあまりにもぼんやりと無気力に生きてるようだから、なにか目標があったほうがいいのかと思ってな。なんだ、その、目標にむかっていくおまえのすがたを見たかったんだ。しかし、おなじ目標なら、好きなことをめざしたほうがいい」

「沢田先生がおっしゃってたわ。美術部の先生があなたの絵をほめてらした、って」と、最後に母親もぼくを見た。「技術《ぎじゅつ》がどうというより、あなたの絵にはファンが多いんですってね。人を惹《ひ》きつけるいい絵を描くって……。お母さん、それをきいて少し泣いちゃった」

今もほんのりなみだぐんでいる。

三人の視線《しせん》を一身に受けとめて、このときほど、ぼくが胸《むね》の奥《おく》で強くさけんだことはなかった。

真《まこと》。やっぱりおまえ、早まったよ。

すべてが遅《おそ》すぎるわけじゃない。

おまえが早まりすぎたんだ……。

「ありがとう」

どきどきしながらつぶやき、ふたたびパンフレットの表紙に目を落とした。

若緑《わかみどり》の立木《たちき》に守られた校庭。しゃれた制服《せいふく》で通学する生徒たちの笑顔。その後方にそびえたつ巨大な、まるでオリンピックスタジアムのような校舎《こうしゃ》。

「天野《あまの》先生からもらった資料《しりょう》を見たとき、すごくおどろいた。こういう高校があるのは知ってたけど、行けるわけないいから調べようともしなかったし、こんないいところだなんてぜんぜん知らなかったし。資料読んでるうちにおれ、どんどんわくわくしてきた。知れば知るほど、すごいと思った。なんだか楽園みたいで、こんなところに通えたらどんなにいいだろうって、思ったけど……」

でも、とぼくは言った。

「でもおれ、やっぱりふつうの公立高校に行くよ」

「どうして?」

「なんでだ?」

「てめえ、どういうつもりだよ」

同時に声をあげた三人に、ぼくはなんとかほほえんでみせようとした。

「だって約束したんだ。早乙女《さおとめ》くんと、いっしょの高校に行こうって」

「早乙女くん？」

「クラスのともだち」

「おまえ、そんなんで高校、決めちまうのかよ」

「そんなことだけど、大事なことなんだ」

気色《けしき》ばむ満《みつる》に、ぼくは言った。

「ぼくの、はじめてのともだちなんだ」

のどの奥《おく》が熱くなって、なさけないけど、泣けてきた。

「はじめてできたともだちなんだよ」

うるんだ視界《しかい》のなかでパンフレットの表紙がぼやけて消えた。くだらないと笑われても、ぼくには今、二千百八十円のスニーカーを教えてくれた早乙女くんが、この世で一番、尊《とうと》い。

「ほんとは、たぶん、こわかったんだと思う。受験がやだっただけじゃなくて、高校生活、自信なかった……」

はげしく心をゆらしたまま、それでもぼくは懸命《けんめい》にしゃべろうとした。

「中学校ではつまずいた。たぶん、出足《であし》が悪かったんだ。みんなといっしょにふみだせなかった。最初の一歩が遅《おく》れたら、なんだか調子が狂《くる》って、動けなくなっちゃった。クラスのみんなにおいてかればおいてかれるほど、体がかたくなって、どんどんだめになった」

そう、たぶんそうだったんだ……。

おいていかれた真《まこと》の無念さを思うと、ますます声がかすれた。

「でも、なかには早乙女《さおとめ》くんみたいに、立ちどまってふりむいてくれるやつもいた。おれ単純《たんじゅん》なのかもしれないけど、めちゃくちゃうれしくて、なんか急に元気でてきて……。早乙女くんとなかよくなれたから、もしかしたらほかにもともだちができるかもしれない。ひとりずつ、少しずつふえていくかもしれない。なんとなく高校ではうまくやれそうな気がしてきたんだ。最初の一歩が遅《おく》れても、今度はあせらずにとりもどせそうな気がする。ともだちと大勢《おおぜい》でさわぎながら学校に行ったり、帰りにどっかへより道したり……。ぼくが高校でしたいのは、そういう、めちゃくちゃふつうのことなんだよ」

そういうめちゃくちゃふつうの高校生活を、本物の真にも送らせてやりたかった。あふれるなみだを目のふちでおしとどめながら、ぼくは心底、そう思った。

真の孤独《こどく》。

真の不安。

真の願い。

ぼくが一番、知っている。

「しかし……、ほんとにいいのか？　おまえの好きな美術《びじゅつ》に打ちこむチャンスなんだぞ」

身をのりだして念をおす父親に、ぼくははっきりうなずいた。

「美術部は高校でも続けるよ。でもおれ、今はまだ絵が好きで描《か》いてるだけだから。そっちの方向に進もうとか、仕事にしようとか、そこまで考えてるわけじゃないから」

わざわざ見学に行ってくれた母親には悪いけど、たとえぼくにまだ長い未来が残されていたとしても、美術を専門《せんもん》で学ぶのは大学からでも遅《おそ》くはないと思っただろう。

ぼくの話が終わると、食卓《しょくたく》はしんと静まりかえった。耳につくのはカタカタ窓《まど》を鳴らす風の音や、チクチク時をきざむ時計の音だけ。父親も母親も満《みつる》も、なにも言わずにただじっとぼくを見つめたままでいる。なにも言わなくても、その静かなまなざしだけで、みんながぼくの決意を認《みと》めてくれているのがわかった。

「腹《はら》へった」

最初に口を開いたのは満だった。

「よし、食おう。今日はみんなで一杯《いっぱい》やるか」

父親が言って、そのえびす顔いっぱいに笑みを広げた。

「真も飲もう。君はもう大人だ」

こうして志望校《しぼうこう》の問題は一件落着《いっけんらくちゃく》。ぼくは希望どおり公立ねらいでいくことになり、代わりにいちおう、すべりどめの私立《しりつ》も受験しておく、ということで話は落ちついた。高校がどうというより、家族はぼくがはじめて気持ちを打ちあけたことをよろこんでいたようだった。

でも、もちろんあれはぼくの気持ちであって、本物の真《まこと》の気持ちじゃない。せいぜいぼくが想《そう》像《ぞう》した真の気持ちでしかない。そしてあの三人の愛情《あいじょう》も、ほんとうはすべて真にむけられたものであって、ぼくへのものじゃない。

ほんとにこれでいいんだろうか？

むくむくと疑問《ぎもん》がわいてきたのは、父親の晩酌《ばんしゃく》にしばらくつきあったあと、試験勉強のため真の部屋にもどってからだった。

父親。母親。満《みつる》。ホストファミリーとの関係が好転すればするほど、ぼくはなんだかうしろめたい思いにかられてしまう。真の代わりに高校に通いたい、ともだちもつくりたいし絵ももっと描《か》きたい、と意欲《いよく》が高まれば高まるだけ、本物の真にすまない気分にもなってくる。だって、だれかの人生を、ほかの魂《たましい》がやりなおすなんて、しょせんはむりな話なんだから。

第一、ぼくがぼくである以上、この小林家《こばやしけ》に本物のハッピーエンドはおとずれない。ぼくがもたらすことができるのは、にせものの、身代わりの幸福だけ。しかも、有効期限《ゆうこうきげん》つきのはかない幸福……。

そんなふうに考えはじめたら、試験勉強も手につかず、眠《ねむ》ろうにも眠れなくなってしまった。

午前零時《れいじ》。中途半端《ちゅうとはんぱ》ないやな時間だ。

気分転換《きぶんてんかん》にコーヒーでも入れようと、ぼくは席を立って台所にむかった。

とちゅう、リビングの前を通りかかると、障子《しょうじ》のむこうにはまだ明かりが灯《とも》っていた。隙間《すきま》からなにげなくのぞくと、テーブルに母親の影《かげ》が見える。

「あ」

ぼくに気づくと、母親は大あわてで卓上《たくじょう》のなにかをひざの上にかくした。

「真、まだ勉強してたの？」

カンニングが見つかった女生徒みたいな狼狽《ろうばい》ぶりだ。

なんか、あやしい。でもまあいっか、とぼくは興味《きょうみ》なくそのまま通りすぎようとした。それからふと思いなおして、一歩ひきかえし、顔だけ部屋につきだした。

「悪かったな」

「え？」

「せっかくパンフレット、もらってきてくれたのに」

母親は一瞬《いっしゅん》ぽかんとして、それから「いいのよ」とにっこりした。いきなり霧《きり》が晴れたような笑顔だった。

「今回はお母さんの勇み足だったわ。あなたがあんなにちゃんと考えてるなんて思ってもみなかったから、よけいなことしちゃって、かえってごめんなさいね」

ぼくは苦笑してふたたび足をふみだした。

とたん、「待って」と障子のむこうから呼《よ》びとめられた。

「ちょっとこっち入ってきてくれる?」

言われるままに入室し、母親のわきに立つと、彼女《かのじょ》はひざの上にかくしていたものをもじもじと卓上《たくじょう》にもどした。

見ると、それはうすっぺらい二色刷《ず》りのパンフレットのようなものだった。表紙には、『あなたにもできる! るんるんユカイな指人形劇《げき》』とある。

――るんるんユカイな指人形劇?

「あ、あのね、その……、知りあいの奥《おく》さんがやってる指人形劇団《げきだん》の冊子《さつし》なの」

母親がたいへんバツの悪そうな顔で説明をはじめた。

「月に一回、ボランティアで老人ホームをまわってるそうなんだけど、この前、いっしょにやらないかってお母さんも誘《さそ》われちゃって……。もちろんお母さん、最初はおことわりしたのよ。あなたたちの母親として生きるって決めたばかりだし、今は真《まこと》も受験でたいへんなときだし。でも、人数が足りないからどうしてもって言われて、こうして冊子《さつし》をながめていたら、だんだん、なんていうのかしら……なんていうのかしらね、もしかしたらわたしには指人形がとってもむいてるんじゃないかしらって、そんな気がしてくるからふしぎよね」

そんなにすぐその気になれる彼女のほうがずっとふしぎだと思ったが、口にはださずにぼくはだまってあきれていた。

「ほんとにもう、なんでわたしはこうなのかしら」

母親も自分にあきれているようだ。

「お母さん、ほんとうはまだ心の底でなにかを求めているのかしらね。今となっちゃもう自分がなにを求めているのかもわからないのに、それでもなにかをさがしつづけることをやめられない。ほんと、自分でもいやになるわ、欲深《よくぶか》いっていうか、執念深《しゅうねんぶか》いっていうか……」

いちおう反省はしているらしいが、本気で反省してるようには見えないところが、彼女の痛《いた》いところだ。

「欲深いんでも執念深いんでもなくてさ」と、ぼくはこのさい、前からひそかに思っていたことを教えてやった。「そんなたいそうなことじゃなくって、あんたはただたんに、飽《あ》きっぽいんだよ」

「えっ」

母親は初耳だ、というように目を広げた。

「お母さん、そんなふうに考えたことなかったわ」

本気でたまげてる母親を見ていると、この人は薄汚《うすよご》れた大人ってよりも、むしろ分別《ふんべつ》も節操《せっそう》もない子どもみたいな人なんじゃないか、と思えてくる。この奇抜《きばつ》なキャラクターを今すぐ理解《りかい》するのはむずかしいし、彼女とフラメンコ講師《こうし》をリアルに思《おも》い描《えが》いたときの嫌悪感《けんおかん》はまだとうぶんぬぐえそうにない。

でも、もしもぼくにもっと時間があったら。

一年、三年、五年、そうしてときを重ねていけたなら……。

いや、どっちにしても、それはやっぱりぼくの役目じゃない。

このところしばしば頭をかすめていたある考え——なかなかふんぎりがつかずにいたそれをぼくがようやく決意したのは、この瞬間《しゅんかん》だった。

「指人形、いいんじゃないの」

リビングを去る前、ぼくはなにげなく言いのこした。

「でも、とちゅうでやめて人に迷惑《めいわく》かけんなよ」

「え。じゃあお母さん、やってもいいの？」

「べつにおれには関係ないし。父親はあんたのそういうとこ、気に入ってるらしいしね」

たちまちひとみをかがやかせた母親に、ぼくは釘《くぎ》をさすこともわすれなかった。

「もうだますなよ、ああいう人を」

そうね、と母親は神妙《しんみょう》にうなずいた。

「でも、お父さんもあれで昔は女ぐせ、悪かったのよ」

「え」

「まだあなたたちの生まれる前だけど、お母さん、うわき相手の女の人から別れてくださいってつめよられたことが、三回あるの」

「………」

ぼくがすごすごと退却《たいきゃく》したことは言うまでもない。

「プラプラ」

コーヒーも入れずに部屋にもどるなり、ぼくはベッドのふちに腰《こし》かけて、天井のあたりに呼《よ》びかけた。

「来てくれ。大事な話があるんだ」

今ならきっとプラプラはあらわれる。なぜだかそんな気がした。

「大事な話って？」

予感的中。勉強机《べんきょうづくえ》に腰《こし》かけた姿勢《しせい》でプラプラがひょいとあらわれた。亜麻色《あまいろ》のスーツで今日もクールに決めている。

「ずいぶんひさしぶりだね」

この善玉《ぜんだま》だか悪玉だかわからない天使に、ぼくはひにくな挨拶《あいさつ》をした。

「もう少しで顔をわすれちゃうところだったよ」

「ガイドの必要がなくなってきただけさ」

プラプラはすまし顔で言いかえした。

「君がそれだけステイ先になれたってことだ。いいことだよ。おれは君の前髪《まえがみ》の相談にのるためにいるわけじゃない」

「まじめな相談ならきいてくれる？」

「内容《ないよう》による」

「この家の人たちに、本物の真《まこと》を返してやりたいんだ」

ぼくは冷静に言った。もう心はゆれていなかった。

「真に、あの人たちを返してやりたいんだよ」

ちょっとさびしい気はするものの、これ以外にほんとうのハッピーエンドはありえないのだから、しょうがない。

「そろそろ言いだすころだと思ってたよ」

プラプラはふふんとくちびるのはしを持ちあげた。それから急に表情《ひょうじょう》をひきしめて、

「小林《こばやし》真の魂《たましい》を呼《よ》びもどす方法がないわけじゃない。最近の君はなかなかよくやってるし、うちのボスも上機嫌《じょうきげん》だ。なにぶんアバウトな世界だから、特例としてたのみをきいてくれるかもしれない。ただし、ひとつ問題がある」

「問題って？」

「君だ」

「ぼく？」

「君が邪魔《じゃま》なんだよ」

プラプラは軽く言ってのけた。

「真の魂がその体にもどるためには、まずは君の魂がそこからぬけなきゃならない。君の魂がそこからぬけるためには、前世《ぜんせ》でのあやまちを思いださなきゃならない」

ぼくは「あ」と口を開けた。

前世でのあやまち。そうそう、たしかそんなルールがあったっけ。

「わすれてたな」

プラプラがぎろっとぼくをにらんだ。

「まあ、いい。その代わりこれから思いだせ。前世でのあやまちを二十四時間以内にはっきりと、な」

「二十四時間以内?」

「みごと時間内にパスしたら、おれからボスにとりついでやる。君はぶじ輪廻《りんね》のサイクルにもどって、その体には小林真の魂がもどる。めでたしめでたしだ。ただし、一分でもすぎたら、もう二度と真の魂を呼びもどすチャンスはない。骨《ほね》おりぞんのくたびれもうけだ」

「ちょっと待って」と、ぼくは動揺《どうよう》をおさえながら言った。「そりゃ努力はしてみるよ。してみるけど……でも、なんで二十四時間以内なわけ?」

「数字にとくに意味はない。タイムリミットがあったほうがスリリングだから、なんとなく」

「そのスリルはだれが楽しむのかな」

「おれと、おれのボスが」

「地獄《じごく》に落ちろ」

罵声《ばせい》をあげて、ぼくは頭をかかえこんだ。

横目でちらりとうかがうと、まくらもとの時計は午前零時《れいじ》三十五分。四カ月近くもかかってまだ糸口すらつかんでないというのに、あしたのこの時間までに思いだすなんてむりに決まってる。

「そう決めつけるなって」

落ちこむぼくに、プラプラはみょうなふくみ笑いを残して消えた。

「しっかり目を開け。ちゃんと見ろ。ヒントはいたるところにある」

ヒントはいたるところに——？

14

真《まこと》の部屋。象牙色《ぞうげいろ》の壁《かべ》。やや染《し》みのういた天井。蛍光灯《けいこうとう》の白々とした光。その光を反射《はんしゃ》する空色の絨毯《じゅうたん》。

南の壁ぎわには出窓《でまど》と勉強机《べんきょうづくえ》。机《つくえ》のひきだしを開けてもヒントらしきものは見当たらない。一段目《だんめ》は文房具《ぶんぼうぐ》。二段目はノート類。三段目はゲーム機やがらくた。プラス、エロ本。

東の壁ぎわには小さな本棚《ほんだな》。人気のマンガに、ぼくも好きな絵描《えか》きの画集が数冊《すうさつ》。辞書、教科書、参考書。色あせた表紙の童話もちらほら。それからぶあついアルバムが四冊。一番左の一冊をめくると、まだ笑顔のあどけない幼《おさな》いころの真がいた。ちびっちゃくって意外とかわいい。当時はまだ、ずっとチビのまま生きてく運命にあるなんて知らずにいたんだ。

北東の角には白木《しらき》のたんす。なかの衣類はきっちり分別されている。上段には着古されたふだん着。下にいけばいくほど新品に近づいていく。最下段にはまだ値札《ねふだ》のついたまっ赤なシャツまでひそんでいた。イメージチェンジしたかったけど、やっぱりハデすぎるとおじけづいたのか……。

北の壁ぎわを占《し》めるのはベッド。この下でも、例のシークレットブーツが息をひそめて眠《ねむ》っている。永遠《えいえん》に履《は》くことはないと思いつつ、なんとなく捨《す》てきれずにいる未練の一品だ。このシークレットブーツがヒントという可能性《かのうせい》は……ないだろう。

しっかり目を開け。ちゃんと見ろ。

でも、わからない。ヒントが見つからない。

なにもない西側にはろうかへ続くドアがある。結局、この夜は一睡《いっすい》もできないまま、ぼくはこのドアをくぐってつぎの一日をはじめるはめになった。青白い光の輪を広げていく日の出を、これほどじりじりした思いでむかえたことはない。

タイムリミットまであと約十七時間。

徹夜《てつや》あけの気《け》だるい体をひきずっていくと、台所からみそしるのいいにおいが流れてきて、「あら、おはよう」と母親が陽気にふりむいた。ぼくのやつれ顔とは反対に、やけにすっきりとさわやかな笑顔だ。片手《かたて》でみそしるをかきまぜながら、もう片方《かたほう》の人さし指をいち、に、いち、に、と曲げたりのばしたりしている。

「ふふ、さっそくはじめたのよ、指人形の練習」

たしかにパワフルな女ではある、むだなパワーにも思えるが……と小首をかしげながらぼくはトイレへとむかった。

便通。洗顔《せんがん》。着替《きが》え。朝食。歯《は》みがき。整髪《せいはつ》。と、いつもどおりの順序《じゅんじょ》で、いつもより慎重《しんちょう》にこなしていく。トイレの便器から歯ぶらしの毛なみにいたるまで、ぼくはまじまじと念入りに観察した。薄桃色《うすももいろ》のせっけんにも。朝食のてっかりした玉子焼きにも。ようやく適量《てきりょう》をつかんだムースの成分にまで。

なのにわからない。ヒントが見つからない。

結局、なんの収穫《しゅうかく》もないまま家をでて学校にむかうことになった。

ふだんは二十分の通学路を三十分かけてゆっくりと歩いた。見なれた町の風景は、しかし、どんなに気合いを入れてながめても、やはり見なれた町の風景でしかなかった。朝の風はきりきりと冷たく、空には重たげな雲がたちこめていて、ぼくを早くも絶望的《ぜつぼうてき》な気分にさせる。ここでもなんの収穫もないまま学校に到着《とうちゃく》してしまった。

タイムリミットまであと約十五時間半。

一時限目《じげんめ》の授業《じゅぎょう》は体育で、しかもぼくのにがてなサッカーだった。試合中に体格《たいかく》のいいやつがつっこんでくると、チビのぼくはついついひるんで体をかわしてしまう。

「小林《こばやし》、なぜ立ちむかわないんだ！」と、この日も沢田《さわだ》にさんざんどなられた。「どっかのこそどろみたいにこそこそ逃《に》げだすなっ」。バズーカ砲《ほう》が命中したような衝撃《しょうげき》が走ったのは、そのときだった。瞬時《しゅんじ》に地面が、空が、世界がくだけて、ぼくの脳内《のうない》にある光景があざやかによみがえる。手ぬぐいでほおかぶりをして、せなかには唐草模様《からくさもよう》のふろしきを背負《せお》い、どこかの屋根裏《やねうら》をこそこそ歩いているぼく。そうだ、そうだったんだっ、とぼくはグランドにこぶしをたたきつけてさけんだ。「前世《ぜんせ》のぼくはどっかのこそどろだったんだ！」

なんてばかなことはあるわけなく、ぼくはただ沢田にどなられただけでサッカーの試合を終えた。あたりまえである。

ほかの授業にしても同様だった。今日にかぎってなにか特別なことが起こるわけもなく、ぼくにできるのは、そのごくふつうの一日の一分一秒を丹念《たんねん》に、しわをのばすようにして見つめなおすことくらいだった。

それでもヒントがつかめないまま、気がつくともう昼休み。

「なんか今日、おかしくないか？」

給食のあと、窓辺《まどべ》の席でぐったりしていたら、早乙女《さおとめ》くんが心配そうに声をかけてくれた。

「目つきやばいぜ。疲《つか》れてる？」

「寝不足《ねぶそく》」

ぼくが充血《じゅうけつ》した目を見せると、

「おおっ、がんばってんなあ。徹夜《てつや》で勉強かよ」

早乙女《さおとめ》くんはいいように誤解《ごかい》してくれた。

「おれもがんばんなきゃ。ふたりで合格《ごうかく》しないと、どっちかが落ちたら、しゃれになんねえもんな」

こうしたそぼくな言葉がぼくに与《あた》えてくれる、こそばゆいようなよろこびや、小さな自信を思うと、正直、ぼくは真《まこと》の体を手ばなすのが惜《お》しくなってくる。早乙女くんといっしょの高校に通いたかったな、としんみり思ってしまう。

真に対する不安もあった。ぶじこの体にもどれたとして、真は早乙女くんとうまくやっていけるんだろうか。せっかくつくったともだちを大事にしてくれるんだろうか。

くれぐれもよろしくな、とひきつぎはしっかりやるつもりでいたが、真の性格《せいかく》からしてどうも心もとない。

「早乙女くん、あのさ」

そこで、ぼくはあらかじめ早乙女くんにも根まわしをしておくことにした。

「たとえば……たとえばの話だけど、もしおれがあした、いきなり暗くて無口でとっつきにくいもとのおれにもどってたとしても、しばらくは見捨《みす》てないで、長い目で見守ってくれるかな」

「は？」

当然ながら早乙女くんはこまった顔をした。

「なんだよ、それ。そういう予定があるわけ？」

「まだわかんないけど……。なんていうか、おれ、まだ情緒不安定《じょうちょふあんてい》でさ、いつどうなっちゃうかわかんないとこあるんだよ」

しどろもどろに説明すると、早乙女くんは「うーん」とうなりながら前の席に腰《こし》をおろし、椅子《いす》の背《せ》にあごをのせて、なにやら物思いにふけりはじめた。

給食当番の去った教室には音もなく、残っているのはぼくらふたりだけ。このひっそりした静けさとは反対に、窓《まど》から見えるグランドはじつににぎやかだった。いくつかのサッカー集団《しゅうだん》に、それを上まわる数のバレーボール集団。薄墨色《うすずみいろ》の空の下、無数のボールが天をめざしていっせいに舞《ま》いあがる。

「小学生のときにさ……」

ふいに声がして、見ると、早乙女くんも窓の外に目をむけていた。

「おれ、子どものころからわりと、だれとでもなかよくできるほうだったんだけど、どうしてもひとりだけ、にがてなやつがいたんだよ。おなじグループなのに、そいつとだけはうまくしゃべれなくて、ふたりきりになるとしんとしちゃって、気まずくって。そいつもおれとふたりきりになるの避《さ》けてたみたいだから、おれ、きらわれてるんだと思ってた。でもある日の放課後、みんなでグランドに残って遊んでたらさ、やけにそいつと気が合うんだ。すごい自然にしゃべれて、げらげら笑いあったりもしちゃって……。なんかおれ、えらいうれしかったんだ。もうだいじょうぶだ、あしたからはなかよくやってけるって。で、つぎの朝、うきうき学校に行ったら、そいつはまたもとの気まずい相手にもどってたわけ」

へへ、と早乙女《さおとめ》くんは乾《かわ》いた笑い声をたてた。

「そのとき、子ども心に思ったよ。今日とあしたはぜんぜんちがう。あしたっていうのは今日の続きじゃないんだ、って」

ぼくはだまってうなずいた。同意というよりも、そのときの早乙女くんの切《せつ》なさに共感して。

「もし小林《こばやし》があした、いきなり前の小林にもどって、おれが近づいたとたんみょうに身がまえたりしたら、やっぱりおれ、そういう気分になると思う。かなりさびしいんじゃないかと思うよ」

でも、と早乙女くんは言った。

「でもまあ、いちおう予告《よこく》はしてくれたわけだし、なんとか長い目で見てやるよ」

いきなりくしゃりと表情《ひょうじょう》をほぐして笑う。

ぼくはなんだか胸《むね》がいっぱいになって、「サンキュ」とだけ返すのが精一杯《せいいっぱい》だった。

五千年前でも、五千年後でもない。

今のこの時代に早乙女くんと出会えてよかった、と思った。

しかしもちろん、ぼくが前世《ぜんせ》でのあやまちを思いだささなければ、本物の真《まこと》はこの体にもどらず、早乙女くんへの根まわしもムダになるわけである。

午後になり、空模様《そらもよう》がますますあやしくなっていくにつれ、ぼくのあせりには拍車《はくしゃ》がかかってきた。両目のレンズを顕微鏡《けんびきょう》なみに活用し、重箱《じゅうばこ》のすみをつつくような努力を重ねても、校内にヒントらしきものの影《かげ》はない。かといって、このまま家に帰っても、もうすでにさんざんさがしまわった小林家《こばやしけ》でなにかが見つかるとは思えない。

タイムリミットまであと九時間弱。

この広い学校で、なんとか、ほんの少しでもヒントをつかんでおきたいと、放課後、ぼくはそれこそ死《し》にもの狂《ぐる》いで校舎《こうしゃ》をうろつきまわった。

試験前の校舎には人気《ひとけ》もなく、閉館後《へいかんご》の映画館《えいがかん》のように静まり返っていた。そのしんとした空気を、遠い空でとどろきはじめた雷鳴《らいめい》がふるわせている。やがてそれに雨の音がまざりはじめても、ぼくには天気を気にするよゆうもなく、ひたすら歩きまわっては立ちどまり、立ちどまっては目をこらし、目をこらしてはまた歩きまわってなにかをさがしつづけた。

体育館。倉庫。用務員室《ようむいんしつ》。会議室。視聴覚室《しちようかくしつ》。放送室。男子トイレ。チェックできるところはぜんぶした。理工室。家庭科室。理科実験室。音楽室。そしてついに、残すはあと一カ所――。

短いながらも、ぼくの思い出がつまった美術室《びじゆつしつ》。

ヒントがあるとしたらここだろう、とじつはひそかに思っていた。だからこそ、なんとなくこわくてあとまわしにしていたのだ。

廊下《ろうか》の窓《まど》から稲光《いなびかり》を浴びながら、ぼくは一歩一歩、美術室《びじゅつしつ》へと足を進めていった。校内のけむるような薄闇《うすやみ》が、ぼくの不安をいっそう駆《か》りたてた。真《まこと》とぼくを守ってくれたあの教室で、ぼくはヒントを見つけだせるんだろうか？　もしも失敗すればもう二度と、真の魂《たましい》をとりもどすチャンスはない。

ずどん、とどこかで落雷《らくらい》の轟音《ごうおん》がとどろいたのは、ぼくがちょうど美術室のとびらに手をかけたときだった。

一瞬《いっしゅん》、足もとがしずむような衝撃《しょうげき》があって、つぎの瞬間《しゅんかん》、まっ暗な美術室から「キャーッ」と女の悲鳴がした。

だれだ？

ぼくはあわてて美術室に飛びこんだ。きょろきょろ首をまわしても、闇《やみ》にまかれて目がきかない。電気をつけると、ようやく、教卓《きょうたく》の下に縮《ちぢ》こまっている女子のすがたが見えた。

とつぜんの明かりに目をぱちぱちさせていた彼女《かのじょ》は、ぼくに気づくと「あ」と息をのみ、まばたきを止めた。

「小林《こばやし》くん……」

唱子《しょうこ》だった。

「お」

ぼくはどきっとした。

例の一件《いっけん》以来、唱子とまともに顔を合わせるのははじめてだ。

「な……なんだ、なにしてんだよ」

どもりながらきくと、唱子は細い声で、

「木炭デッサン」

「デッサン？」

「そしたら、急にかみなりが……」

おそるおそる、といった調子で唱子が教卓から顔をあげる。

目が合うと、ぼくらは同時にそらした。

「こんな暗いとこでデッサンかよ」

「いいの、描《か》きたかったの」

「電気くらいつけて描けよ」

「先生に見つかると怒《おこ》られるから」

よそよそしい声をだし、唱子が顔をそむけた。とたん、その横顔をぴかっと白銀の光が照らしだした。

「やあああ！」

唱子が絶叫《ぜっきょう》して教卓の下にもぐりこむ。かみなりがやんでも、今度はそのまま顔をだそうとしない。

「だいじょうぶか？」

どうしたもんかととほうに暮《く》れながら、ぼくはしかたなく教卓《きょうたく》へと歩みよっていった。

「そんなにこわいなら、もう帰れよ。こんなんじゃどうせ絵なんか描《か》けないだろ。おれ、家までついてってやってもいいから」

この親切はもちろん唱子《しょうこ》へのうしろめたさからきているのだが、彼女《かのじょ》はまだあの日のことを根にもっているらしく、教卓の下でぼくに背《せ》をむけたまま返事もしない。

「この前は悪かったよ。つい、こう、むらむらっと、さ。でも今日はなんもしないから、心配すんなって」

これだけ人が下手《したて》にでても、教卓の下からはただ白い息がもれてくるだけ。あいかわらず強情《ごうじょう》なやつだった。

「な、帰ろうぜ」

「……………」

「ずっとここにいる気かよ」

「……………」

「落ちるぜ、かみなり」

「……………」

「あと三十秒で落ちる気がする」

「……………」

三十秒が経過《けいか》した。

ついにぼくは、頭にきた。

「かみなりに打たれてしまえ」

子どもじみた捨《す》てぜりふを残して背《せ》をむける。ここにきた趣旨《しゅし》をすっかりわすれていたぼくは、つかつかとあらっぽい足どりでろうかへひきかえしていった。やっぱりこいつはにがてだ。いっしょにいると調子が狂《くる》う。

「あたし……」

唱子が声をあげたのは、ぼくが教室から一歩足をふみだしたときだった。

「あたしべつに小林《こばやし》くんのこと、星の王子さまみたく思ってたわけじゃないから！」

よく通る高い声。ふりむくと、唱子が教卓の前で肩《かた》をいからせていた。

「小林くんなんてぜんぜん、かっこいいなんて、思ってなかったんだから」

毛をさかだてた仔犬《こいぬ》のような目に、なぜだか胸《むね》が、ずきっとした。

「王子さまどころじゃないよ。平民もいいとこだよ。小林くんのみじめなとこ、あたしちゃんと知ってた。なさけないすがた、いつも見てたよ。一年生のとき、クラスで男子たちにいじめられてたでしょ？　あたし知ってた。いつもいつも見てたもん。だってあたしもあのころ、となりのクラスでいじめられてたから」

はげしさを増《ま》した雨音に、唱子《しょうこ》の声がかすんできこえなくなる。ぼくはゆっくりその声のほうへとひきかえしていった。

「入学したときから、あたし、外れてた。小学生のころとはぜんぜんちがくて、クラスメイトたちがみんなおしゃれで大人に見えた。新しいともだちに合わせるの、たいへんだった。テンポがちがうって、よく言われたの。そばにいるとうっとうしい、って。もっと具体的に教えてって言ったら、べたべたしつこい、って。ムシされたり、うわばきをかくされたりするようになって、でもあたし、ぜったいに泣きたくなくって、泣かなかったら、かわいくないってもっといじめられて……。そのころ、小林《こばやし》くんもよくくろうかで追いかけまわされてたんだ。大勢《おおぜい》にかこまれてプロレスの技《わざ》かけられたり、ズボン脱《ぬ》がされそうになったり。男子たちのいいおもちゃだったよね。そんな小林くんのこと、かっこいいなんて、思うわけないじゃん」

唱子が笑い、「でも」とすぐにその顔をゆがませた。

「でも、小林くんも泣かなかったから、仲間だと思ったんだよ」

ぼくはたまらず目をふせた。すぐに泣きそうな顔をするくせに、でもけっして泣かない唱子が急に痛々《いたいた》しく思えてきた。

「泣かないだけじゃなくって、小林くんはあたしよりずっと平気そうに見えたの。無表情《むひょうじょう》で、静かな目で、いつもじーっとこらえてた。嵐《あらし》がすぎるのを待ってる植物みたいにね。なんであんなふうにいられるんだろうって、あたしいつもふしぎだったんだ。きっとなにかあるはずって、ずっと小林くんのことマークしてたんだから。それである日ね、ついに小林くんのあとつけて、放課後の美術室《びじゅつしつ》に潜入《せんにゅう》したの」

当時のことを思いだすように、唱子は軽くまぶたをおろした。

「絵を描《か》いてる小林くん見てたら、なんとなくわかった。そっか、小林くんは自分だけの世界をもってるんだ、って。小林くんの世界はとっても深くて、とっても透明《とうめい》で、きっととっても、そこでは安全なの。あたしすごくうらやましかった。あたしもそんな世界がほしくなって、そのますぐに入部届《にゅうぶとどけ》だしちゃったよ」

「……それで美術部に？」

「うん、それからあたし、ずっと小林くんのことめざしてたんだから。小林くんのそばで、見よう見まねで絵を描いて、あたしの世界をさがして……、これさえあればなにがあっても動じずにいられるって、そんな強い世界がほしかったんだ。でも結局、あたしにはまともな絵さえ描けなかったし、とても世界どころじゃなかったんだけどね」

唱子はちょこんと舌《した》をだし、

「でも、それでも、絵を描いてると気持ちがやすらぐようにはなったんだよ。いやなことがあった日は、ゆううつな気分を放課後の美術室で洗《あら》い流《なが》していくの。それでまたあしたも学校にこようって気になれたんだ」

ぴかっと、ふたたび空に電光が走った。

しかし、唱子《しょうこ》はもう悲鳴をあげず、両足をふんばって話しつづけた。

ふたりきりの美術室《びじゅつしつ》はひんやりと冷たく、どこからか忍《しの》び入ってくる風が窓辺《まどべ》の石膏像《せっこうぞう》をかたかたとゆらしていた。

「三年生になって、小林《こばやし》くんとおなじクラスになったときはうれしかったよ。たしかにちょっと理想化してたかもしれない。あたし思いこみ強いから、勝手につくってたところもあると思う。でも、それでも小林くんは、やっぱり特別だったもん。みんなとはちがう、自分だけの世界にいる男の子。こっちの世界できりきりしてるあたしに、キャンバスの窓からあっちの世界をのぞかせてくれた。なのに、その小林くんが……」

「ある朝、ひさしぶりに学校にきたと思ったら、いきなり感じが変わってた」

すまない気持ちでつぶやくと、唱子は苦笑して、

「ほんと、あのときはびっくりした。ずうっと学校休んでて、やっとでてきたと思ったら小林くん、いきなりこっちの世界の子になってるんだもん。小林くんのなかからあっちの世界が消えて、なんかすごくふつうの、ふつうっていうか、そのへんの男子といっしょになっちゃってた。あたし、あせったし、ショックだったし、なんだかさびしかったんだ」

「……悪い」

以前、唱子にひどい言葉を浴びせたことが今になってくやまれた。唱子にとって真《まこと》は架空《かくう》の存《そん》

在《ざい》なんかじゃない。この生きづらい現実《げんじつ》をなんとか生きやすくするための、ガイドのような存在だったかもしれないのに。

ぼくは真の傷《きず》にとらわれすぎていて、ほかのみんなの傷に無頓着《むとんちゃく》すぎたことを恥《は》じ入った。

真だけじゃない。

唱子だけでも、ひろかだけでもない。

このたいへんな世界では、きっとだれもが同等に、傷ものなんだ。

「でもあたし、もういいんだ」

落ちこむぼくの目前で、唱子は急に晴ればれと声をはずませた。

「あたし、わかったの。あの日、小林くんに言われたことといろいろ考えて、今度こそほんとにわかったんだ」

「なにが」

「小林くんはべつに変わったわけじゃない。ただ、もとのすがたにもどっただけなんだ、って」

「もとのすがた?」

「そう。小林くんはもともとこっちの世界の男の子だったんだよね。みんなとおなじ、ふつうの子だった。でも、あたしとか、みんなが勝手にあっちの世界に閉《と》じこめちゃって……。もしかしたら小林くんも、あっちの世界のほうが居心地《いごこち》よかったのかもしれない。だけどとつぜん、なにがあったのか知らないけど、こっちの世界にもどってこれた。もとのすがたに、もどれたんだよね」

すうっとあごをもちあげて、唱子《しょうこ》はにっこりほほえんだ。

「おめでとう、小林真《こばやしまこと》くん」

そのときだ。

長いことかけちがえていたボタンにやっと気づいたような、おかしな感覚がぼくのなかに広がっていった。なにかが心にひっかかる。唱子はあいかわらず思いこみが強いけど、でも、その言葉にはなにかがかくされている気がする。

「あたしね、前の小林くんもよかったけど、今の小林くんも悪くないと思うよ。前より口が悪くて、ときどき意地悪だけど、そのぶんしゃべりやすいし、生きてる感じがする」

唱子が言って、「それに」と天井をあおいだ。

「それに、ほんとはあたし、わかってたんだ。小林くん、すごく変わったけど、でも根っこのところは変わってない、って。ただあたしにとって都合のいい小林くんでいてほしかっただけで、ほんとはちゃんとわかってた。あっちの世界とこっちの世界の小林くん、ぜんぜんちがうけど、おんなじだって」

「なんで?」

一気に鼓動《こどう》が速まった。

「なんでそんなことわかるんだ?」

「だって、小林くんの描《か》く絵は変わらなかったもの」

「絵?」

「そう、小林くんの絵。その独特《どくとく》の色づかい。筆のタッチや、キャンバスにむかう目つきまで、やっぱり小林くんは小林くんだったよ」

唱子が言った、その瞬間《しゅんかん》——。

ぼくのひとみに映《うつ》るすべてが急にあざやかな光彩《こうさい》を放ちはじめた。

ぼくはゆっくりと顔をあげ、あらためて教室中を見まわした。

冬でもあたたかみのある玉子色の壁《かべ》。教室の後方を占《し》める樺色《かばいろ》の棚《たな》。闇《やみ》を映《うつ》す窓《まど》に、藍色《あいいろ》のカーテン。前方には深緑の黒板。いぶし銀のイーゼル。白肌《しらはだ》の石膏像《せっこうぞう》。その一体にだれかがかぶせた栗色《くりいろ》のベレー帽《ぼう》。色とりどりの絵の具がこびりついた床《ゆか》。ほこりまみれのかさをかぶった蛍光灯《けいこうとう》の白光。そのうすらぼけた光を受ける唱子の黒髪《くろかみ》。ヒントはいたるところに——そう、ヒントはたしかにいたるところにあったんだ。

ぼくは信じられない思いで唱子に目をもどした。

デッサン中につけたのか、唱子のほおには木炭の煤《すす》がついている。指をのばして、そっとこすった。一瞬《いっしゅん》びくっとかたくなった彼女《かのじょ》を、無性《むしょう》に抱《だ》きしめたくなったけど、がまんした。

小林真の眼中《がんちゅう》にもなかったチビ女。

この子が、小林真を救《すく》った……。

「待ってろよ」と、ぼくは唱子《しょうこ》の肩《かた》をつかんで言った。「すぐにもどるから、ちょっと待ってろ」

「どこ行くの?」

「いいから、待ってて。あとで家まで送るから」

「いいけど……」

「な、ぜったい、待ってろよ」

怪訝《けげん》がる唱子に言いのこし、猛然《もうぜん》と美術室《びじゅつしつ》から飛びだした。人目につかない場所を求めて闇雲《やみくも》に階段《かいだん》を駆《か》けのぼっていく。すっかり興奮《こうふん》していたぼくは、踊《おど》り場《ば》から屋上に続くドアを開けてはじめて、雨がだいぶ弱まっていたことに気がついた。かみなりももうやんでいる。

閃光《せんこう》がまたたいていたのは、ぼくの頭のなかだった。

15

極細《ごくぼそ》の、シルクみたいな雨が音もなくコンクリートの屋上をぬらしていた。見あげる空にはまだ雲が厚《あつ》く、すでに夜のような闇《やみ》がたれこめている。見おろせば、はるか下の地面も漆黒《しっこく》の闇にのまれていた。

ぼくは闇と闇の狭間《はざま》で冷たい雨にふるえながら、彼《かれ》がくるのを待っていた。

彼は必ずくるはずだった。きっと白いふりふりの傘《かさ》をさし、ニヒルな笑みをうかべて。

やがて背後《はいご》からカツカツと足音がひびき、ふりむくと、白いふりふりの傘をさしたプラプラがニヒルな笑みをうかべて立っていた。

「何度も言うけど……」

目が合うと、プラプラは白い傘をもちあげて言った。

「配給品なんだ」

「わかったよ」

ふっと笑って、ぼくは言った。

「ぼくのあやまち、わかったよ」

プラプラは静かにうなずいた。

雨のベールをはさんでぼくらは見つめあった。

プラプラの瑠璃色《るりいろ》のひとみをながめてるうちに、ぼくの動悸《どうき》はおさまり、ふしぎと心がしずまってきた。

ぼくは思いきって口にした。

「ぼくは殺人《さつじん》をおかしたんだね」

プラプラは表情《ひょうじょう》を変えなかった。

「ぼくは人を殺《ころ》した」

「………」

「自分を殺した」

「………」

「ぼくはぼくを殺したんだ」

くっとくちびるをかみしめ、ぼくは言った。

「ぼくは、自殺《じさつ》した小林真《こばやしまこと》の魂《たましい》だ」

プラプラは白い傘《かさ》を天高く放りなげて、さけんだ。

「ピンポーン！」

16

ピンポーン、とプラプラがさけんだその瞬間《しゅんかん》、天と地の闇《やみ》が一瞬《いっしゅん》のうちに光に変わって、あまりのまぶしさにぼくは目をまわし、くるくるくるくるとなんだか実際《じっさい》に体が回転していくような感覚のなかで、それでもふしぎと冷静に、思いだしていた。

自殺以前のぼく。

失っていたこれまでの記憶《きおく》。

小林真の十四年間――。

物心がついたときから絵が好きだった。と同時に、小さいころは外でともだちと遊ぶのも好きだった。内気でこわがりな面はあったけど、一芸に秀《ひい》でていたおかげで人気は上々。小学校の中学年あたりまでは、休み時間のたびにぼくの机《つくえ》をクラスの子たちがとりまいた。ぼくはみんなのさしだす紙にマンガやゲームのキャラクターを描《か》いてあげた。あとから思えば身にあまるような黄金時代だった。

たそがれだしたのは高学年になってから。大人びてきたクラスメイトたちは、もうだれもぼくの絵なんてほしがらなくなった。丁寧《ていねい》に「もういらない」と以前あげた絵を返してくれるやつもいた。「もうおまえなんかいらない」と言われてる気がした。ぼくはぼくの価値《かち》を見失っていった。おまけに、そのころから身長がのび悩《なや》み、ぼくより背《せ》の低かったともだちにつぎつぎとぬかされた。どんどんランキングが落ちていく歌手みたいだった。

どん底まで落ちたのは中一のとき。入学当初、いつも群れていたグループのひとりに、ぼくがなにか言うたびに「しらけるんだよなあ」と言うやつがいた。わざと大声で、まわりのみんなにきかせるように言う。次第にみんなも「しらけるんだよなあ」とまねしはじめた。もともと口数の多いほうじゃないぼくは、それでますますしゃべれなくなった。いじめがはじまるのは時間の問題だった。やがてはじまった。すぎた話とはいえ、あのころのことはいまだに思いだしたくない。

救《すく》いは家族と美術部《びじゅつぶ》だけだった。

満《みつる》は意地悪だったけど、両親は過保護《かほご》なほどぼくに甘《あま》かった。やや情緒不安定《じょうちょふあんてい》だが明るい母親に、いつもにこにことおだやかな父親。ふたりのそばにいるだけでぼくはほっとした。

美術部ではすべてをわすれて好きな絵に没頭《ぼっとう》した。すべてをわすれて没頭するために描《か》いていたともいえる。心の休憩時間《きゅうけいじかん》。有意義《ゆういぎ》な逃避《とうひ》。屈折《くっせつ》した情熱《じょうねつ》。そんなぼくを唱子《しょうこ》がずっと見ていたなんてぜんぜん気づかなかった。

中二にあがるといじめはおさまったけど、新しいクラスでもぼくはやっぱりういていた。今度はぼくからみんなを避《さ》けた。うかつに口を開けばまた「しらけるんだよなあ」と言われそうな気がした。それがきっかけでまたいじめがはじまるかもしれない。だれにもそれは止められない。だれにもぼくを救《すく》えない。だれもあてにならない。信じてはいけない。

ぼくはぼくだけの世界に閉《と》じこもっていった。

暗色や寒色の陰気《いんき》な絵がふえていった。

自分でもちょっとやばいなと思った。

ぼくはぼくだけの世界で生きてればよかったのに、でも心の底ではもっとほかのなにかを求めていたのか、次第に鬱気味《うつぎみ》になって、中三あたりからは原因不明《げんいんふめい》の嘔吐《おうと》まではじまった。心配性《しんぱいしょう》の両親には言わずにいたけど、なんの前ぶれもなくとつぜん気持ちが悪くなり、しょっちゅうトイレで吐《は》いていた。体の不調というよりは、心の不調からくるものと自分でもなんとなく勘《かん》づいていただけに、よけいにぶきみに思えた。

このままじゃいけない。真剣《しんけん》に考えた。たぶんこのままじゃいけないんだ。なんとかしなければば……。

でも、なにを？

まずは明るい絵を描いてみようとした。

透《す》けるような青。ゆらめく海の色。暗くて深い海底から、海上をめざして進む馬の勇姿《ゆうし》がひらめいた。

ぼくは夢中《むちゅう》で描きはじめた。この絵が完成したら、ぼくも少しずつ、この暗くて深いところからぬけだしていこうと決意をかためながら。

しかし、その前に魔《ま》の一日がおとずれた。ひろか。母親。父親。ぼくの救いとなっていた彼《かれ》らが、つぎつぎにぼくを打ちのめしていった。前むきになっていた矢先《やさき》だけに、そのぶん打撃《だげき》は大きかった。世界はもはやまっ暗闇《くらやみ》で、ぼくの目にはどんな色も映《うつ》らなくなった。鬱も嘔吐も悪化して、思考能力《しこうのうりょく》もあやしくなり、あのころはつねに頭が朦朧《もうろう》としていた。

中一のころからときおり脳裏《のうり》をかすめていた『死』の文字が、みょうにリアルにせまってきたのもこのころだった。

死んじゃおうかな。

ある日、ふと本気で思った。とたん、その考えが頭からはなれなくなってしまった。生きることよりも死ぬことを考えるほうがずっとラクだったし、生よりも死のほうが魅力的《みりょくてき》に思えた。

以前、不眠《ふみん》で悩《なや》んでいた母親に、親戚《しんせき》が海外から睡眠薬《すいみんやく》を買ってきたことがあった。こんなのは飲まないほうがいい、と父親がとりあげてしまっておいたその場所を、ぼくはしっかりおぼえていた。夜中にそっととりだした。

覚悟《かくご》を決めてというよりは、じつに自然な心持ちで、ぼくは睡眠薬《すいみんやく》をありったけ飲みほした。

そして、死んだ。

はずだった。

「おめでとうございます、抽選《ちゅうせん》に当たりました！」

漂《ただよ》うぼくの魂《たましい》の前に、おかしな天使がひょっこりすがたをあらわすまでは――。

「おめでとうございます。あなたは見事、再挑戦《さいちょうせん》に成功しました！」

記憶《きおく》の波が瞬時《しゅんじ》に遠ざかり、ふと気がつくと、ぼくはかつてきたことのある天上界と下界の狭間《はざま》にいた。

今回はちゃんと肉体もあるぼくの前には、プラプラが素肌《すはだ》に白い布《ぬの》をまとい、せなかのつばさもあらわにたたずんでいる。ひさびさに目にする天使の正装《せいそう》だ。言葉つきもデスマス調にもどっている。

「もうお気づきのこととは思いますが、つまりはこういうことです」

プラプラの言いぐさは、こうだった。

「ホームステイとは、たんなる魂の修行《しゅぎょう》ではなく、あなたのようにいちど自分を捨《す》てた魂が、もういちど自分にもどれるかどうかのテスト期間のことなのです。言うなれば、魂の仮運転《かりうんてん》ですね。となると、ステイ先は当然、あなたがたご自身の家庭ということになる。あなたがたご自身がつまずいた場所で、あなたがたご自身の問題を、あなたがたご自身がもういちど見つめなおしていく……とまあ、どうです、じつに理にかなった話ではありませんか。でも最初からそれを教えてしまうと、ぜんぜんおもしろくないので、かくしてました」

しゃあしゃあと告《つ》げられ、ぼくはがくっと肩《かた》を落とした。

なんというか、もう、言葉がなかった。

思えば、最初からプラプラには不審《ふしん》な点が多かったんだ。

「考えてみるとさ」と、ぼくはようやく口を開いた。「あんたのガイドっていつも中途半端《ちゅうとはんぱ》で、肝心《かんじん》なとこがぬけてたんだよな。おかげでおれ、しなくてもいい苦労をいっぱいした気がするんだけど。やっぱあれってわざとなわけ？」

「当然です」と、プラプラは胸《むね》をはって言った。「いくら抽選で当たったとはいえ、いちど死んだ人間に復活《ふっかつ》のチャンスを与《あた》えるわけですから、やはりそれなりの苦労はしてもらわなきゃなりません。くじ運がいいだけじゃ生きかえれないのです」

「でもあんた、勝手に抽選で当てといて、人をだまして、苦労までさせて……」

「そしてその結果、あなたはもういちど小林真《こばやしまこと》として生きられることを内心じゃ感謝《かんしゃ》している。結果オーライです」

ぼくはため息をはきだした。このおかしな天使にはかなわない。

たしかにプラプラの言うとおりで、ぼくは四カ月前の暗い気持ちのまま、もともと死んだような状態《じょうたい》で死んで、いろんな誤解《ごかい》もとけずに、ぼくの自殺《じさつ》が家族に与《あた》えた影響《えいきょう》も知らずに、早乙女《さおとめ》くんとも出会わずに、泣きじゃくるひろかを抱《だ》きしめずに、最終的にぼくを救《すく》った唱子《しょうこ》の存在《そんざい》にさえ気づかないまま、あのままほんとうに死んで、輪廻《りんね》のサイクルから外され、ソーダの泡《あわ》のようにシュッと消えずにすんでよかった、と内心じゃけっこう、グッときていた。

「ではなぜその感動をすなおに表現《ひょうげん》しないのです」

両手を広げて言うプラプラに、ぼくは少し考えてから言った。

「まず第一に、ぼくはそういう性格《せいかく》じゃない」

「なるほど」

「第二に、ぼくはこの急展開《きゅうてんかい》にとまどっている」

「ほほう」

「第三に、ぼくはだまされてくやしい」

「くっく」

「最後に……」

「最後に？」

「なんとなく、こわい気がするんだよ」

つぶやくなり、ぼくはくいっとあごをあげてプラプラを見あげた。

「ぼくはこれからどうなるわけ？」

プラプラの返事は簡明《かんめい》だった。

「どうもこうも、このまま小林真《こばやしまこと》として生きていくだけです」

「あんたはどうするの？」

「わたしはまたつぎの抽選《ちゆうせん》に立ちあい、当たった魂《たましい》につきまといます」

「もうぼくのガイドはおしまい？」

「あなたにはもうガイドなど必要ない」

「そうかな」

「そうですとも」

ぜったいそうだというように、プラプラはせなかのつばさをぱたぱたさせた。そのぱたぱたを見ているうちにみるみる勇気がわいてきた、なんてことはなく、ぼくの気分はいまいち冴《さ》えないままだった。

「さっきぼく、ここに来るまでのあいだに、自殺する前のこと思いだしてたんだ。そしたら、なんかまた、自信なくなった」

「自信？」

「またあそこでうまくやっていけるのか……」

なぜですか、とプラプラは顔をしかめた。

「あなたは再挑戦《さいちょうせん》であんなにうまくやっていたではありませんか」

「だって、あれは他人事《ひとごと》だったから」

そうなんだ。再挑戦中のぼくにとって、小林真《こばやしまこと》はまったくの赤の他人であり、一時的な仮《かり》の宿にすぎなかった。だからこそあんなにのびのびとふるまうことができたんだ。あとさきのことなんてなにも気にせず、平気で貯金《ちょきん》をはたいて、ほしいものを買って、だれに対しても好きなことを言って。

「でも、自分のこととなると、やっぱりそうもいかないよ。いろいろ慎重《しんちょう》になるし、不安にもなる。ケチにもなるしさ」

その証拠《しょうこ》に、すでにぼくは二万八千円もの大金をスニーカーにはたいたことに、狂《くる》おしいほどの後悔《こうかい》をしはじめている。

プラプラはつばさを休めてぼくを見つめた。瑠璃色《るりいろ》のひとみは今日もよどみなく澄《す》んでいた。ぼくをだましたり、ぼくを怒《おこ》ったり、ぼくをからかったりしながら、でもつねにどこかでぼくを見守っていてくれたひとみ。

「ホームステイだと思えばいいのです」

「ホームステイ?」

「そう、あなたはまたしばらくのあいだ下界ですごして、そして、ふたたびここにもどってくる。

せいぜい数十年の人生です。少し長めのホームステイがまたはじまるのだと気楽に考えればいい」

「できるかな」

せいぜい数十年の人生。

長めのホームステイ。

そんなふうに考えられればたしかに楽だけど。

「ホームステイにルールはありません。与《あた》えられたステイ先で、だれもが好きにすごせばいいのです。ただし、自分からリタイアはできませんが」

「たしか辞退《じたい》もできないんだっけ」

ぼくが口をはさむと、プラプラはひょいと片眉《かたまゆ》をもちあげて、

「辞退したいのですか?」

ぼくは返事をしなかった。なんだかんだいっても、もういちどあの世界にもどりたくないわけじゃなかった。

プラプラはそんなぼくの思いを見透《みすか》したようにうなずき、

「下界でまた気持ちが縮《ちぢ》こまりそうになったら、再挑戦の四カ月を思いだしてください。自分で自分を縛《しば》らず、自由に動いていたあの感覚を。そして、あなたを支《ささ》えてくれた人たちのことを」

無言で足もとを見おろしながら、ぼくは早くも再挑戦の四カ月をふりかえっていた。

いろんな人にかかわり、いろんな思いをした四カ月。

だれかひとりでも欠けてたら、ぼくはぼくにもどれなかった気がする。

「さあ、そろそろ下界にお帰りください」

終着駅への到着《とうちゃく》でも告《つ》げるように、プラプラが言った。

「なかなかもどらないあなたを、美術室《びじゅつしつ》で唱子《しょうこ》が心配していますよ」

ぼくは思いだした。そう、あの寒い教室で唱子を待たせたままだった。

「家では家族が待っています。二週間後にひかえたあなたの誕生日《たんじょうび》のプレゼントを相談しながら」

ぼくはうなずいた。

「早く帰って勉強して、早乙女《さおとめ》くんとおなじ高校に合格《ごうかく》しなければなりません」

ぼくはうなずいた。

「青い絵の完成をひろかが待っています」

ぼくはうなずいた。

「あなたはあの世界にいなければならない」

ぼくはうなずいた。そう、ぼくはあの世界にいなければならない……。

ぼくはまぶたの裏《うら》にぼくを待つ人たちのいる世界を思《おも》い描《えが》いた。

ときには目のくらむほどカラフルなあの世界。

あの極彩色《ごくさいしき》の渦《うず》にもどろう。

あそこでみんなといっしょに色まみれになって生きていこう。

たとえそれがなんのためだかわからなくても——。

「ありがとう、プラプラ」と、ぼくはあらたまってプラプラにむかった。「あんたのことはわすれないよ」

「わたしもわすれません」と、プラプラはあいかわらずのポーカーフェイスで言った。

「苦労しましたから」

「あんたはぼくの最初の話し相手だった」

「それでは最後のガイドをはじめます」

「あんたにはぼく、ふしぎとなんでも話せたんだ」

「あなたが下界にもどるためのガイドです。わたしの言うことにしたがってください」

「あんたといるとすごく楽だったよ」

「まずは口を閉《と》じて集中してください」

「たぶん、あんたが天使だったから……」

「口を閉じてください」

「すぐに傷《きず》ついたり傷つけたりする人間じゃなかったから、ぼくはほんとに楽だった」

「だまれって言ってんだろ」

いきなり頭をはたかれ、びっくりした。いて、とうめきながら見あげると、プラプラは下界モードのしかめっつらでぼくをにらんでいる。

「いつまでぐずぐず言ってんだ。さっさと言うとおりにして、さっさと帰れよ。おれだってまたつぎの抽選会《ちゅうせんかい》が待ってんだ」

やっぱりこのほうがプラプラらしい。あらっぽい口ぶりのわりに、瑠璃色《るりいろ》のひとみは少し、ほんの少しだけ切《せつ》なそうにかげっていて、ぼくはそれだけで十分満足した。

「まずはぎゅっと目を閉《と》じろ」

ぼくはぎゅっと目を閉じた。とたん、そこからつつっと生あたたかいしずくがこぼれた。

「大きく息を吸《す》いこめ」

ぼくは大きく息を吸いこんだ。胸《むね》がつまって苦しくなった。

「帰ろうと思いながら一歩、足をふみだしてみな。それだけで君は君の世界にもどれる。あばよ、小林真《こばやしまこと》。しぶとく生きろ」

「ばいばい、プラプラ」

ぼくはぼくにもどるため、一歩、足をふみだした。

単行本　一九九八年七月　理論社刊
文庫　二〇〇七年九月　文春文庫刊

森絵都（もり・えと）

1968年東京都生まれ。1990年『リズム』で講談社児童文学新人賞を受賞しデビュー。1991年同作品で椋鳩十児童文学賞、1995年『宇宙のみなしご』で野間児童文芸新人賞、産経児童出版文化賞ニッポン放送賞、1998年『つきのふね』で野間児童文芸賞、1999年『カラフル』で産経児童出版文化賞、2003年『DIVE!!』で小学館児童出版文化賞、2006年『風に舞いあがるビニールシート』で直木三十五賞、2017年『みかづき』で中央公論文芸賞を受賞。 他の著書に『永遠の出口』『ラン』など。

カシワイ

漫画家、イラストレーター。京都市在住。著書に『風街のふたり』『ひとりの夜にあなたと話したい10のこと』『光と窓』『107号室通信』など。そのほか装画、イラスト作品多数。森絵都さんとは『生まれかわりのポオ』以来二度目のコラボレーションとなる。

装丁　野中深雪

カラフル 

2024年7月10日　第1刷発行

著　者　森《もり》絵《え》都《と》

発行者　花田朋子

発行所　株式会社 文藝春秋

〒102-8008　東京都千代田区紀尾井町3-23

電話　03-3265-1211

印刷所　萩原印刷

製本所　萩原印刷

ＤＴＰ　エヴリ・シンク

ISBN 978-4-16-391869-3